死亡遊戯で飯を食う。2

鵜飼有志

MF文庫J

CONTENTS

口絵・本文イラスト●ねこめたる

いつ死んでもいいけれど、あいつに負けたままはごめんだ。

1.スクラップビル（10回目）

冷たいコンクリートの上で幽鬼は目を覚ました。

（0／30）

（1／30）

目を覚ましてすぐ、幽鬼は、己の下にあるものがコンクリートだとわかった。遠慮の一切ない無骨な冷たさ、コンクリートに特有のざらりとした感触が伝わってきたからだ。体を起こした。

白いワンピースを幽鬼は着せられていた。夏の日の空によく映えそうな、ノベルゲームの女の子がしばしば着ているような、あれである。今回の〈ゲーム〉の衣装だ。肌の色が幽霊のように淡い幽鬼にはそこそこ似合っているといえたが、しかし、その相方であるところの夏空は、どこにも見えなかった。

辺りは薄暗かった。暗い部屋の中だった。照明はついておらず、窓明かりもない。にもかかわらず完全な暗闇ではないのは、部屋の壁に、デジタル数字を表示する液晶が付いていたからだ。〈05：32：12〉の形に赤色光を放っていて、一秒ごとに数字を減らしていた。残り五時間半でゼロになる。五時間後に〈スタート〉なのか、それとも〈ゲームオーバー〉なのか、幽鬼にはまだ判断がつかなかった。

ともあれ、薄暗かった。液晶のわずかな光を頼りに見渡すと、中流家庭のリビングほどの広さがあった。コンクリートの床に、ガラス片や木屑が散らばっている。廃ビルの一室——であると思われた。不要になった建物を、ゲームの舞台に転用したのだろう。

辺りを歩き回ると、幽鬼の足になにか当たった。

見ると、バックパックが床に転がっていた。元からあったものではなく、このゲームの支給品だろう。幽鬼はジッパーを開けて中身を確認した。

中身は大盤振る舞いだった。

幽鬼が初めに目をつけたのは、非常食だった。銀紙に包まれた、いかにもという見た目をしている。三つあったので一ついただいてみた。普段は栄養ドリンクを作っているメーカーが、初めて固形物にも手を出してみたというような味がした。今回のゲーム飯ははずれだな、と幽鬼は早くも判断を下した。

次に目に入ったのは救急用品だった。衛生兵が持ち歩いているようなものではない、登山にでも持っていくようなひどく日常的なもの——具体的には絆創膏、軟膏、目薬や胃薬などの常備薬等々だった。このゲームがどんな種類のものなのかまだわからないが、この程度の装備ではたぶん、いや、絶対に通用しないと思う。

なにか使えるものはないのかと探してみたところ、各種サバイバル用品、これについてはそれなりに有用そうだった。裁縫セット、照明具等々、救急用品と同じくものは普通だったが、ナイフやロープなど、人間を殺害するに足る性能を有したものも、見受けられた。

そして——最後のひとつ。

「……？」

それをためつすがめつして、幽鬼は首をひねった。

白い紙だった。コピー用紙に比べると丈夫で、かつ、触り心地がいい。表面も裏面も白紙であり、なにに使うものなのか、一見しただけではわからない。——救急用品のひとつだろうか？　幽鬼の知識が至らないだけで、最近のガーゼというのはこういう感じなのだろうか？

折り畳んだり軽く引っ張ってみたり、しばらくその紙をいじって、幽鬼は一応の結論を出した。広げたアイテムのすべてをバックパックにしまって、彼女は扉を開け、部屋を出た。

部屋の中よりよっぽど廊下は荒れ果てていた。かなり注意して歩かないと、足もろともワンピースがずたずたになってしまいそうだった。照明はなかったが、あちこちの壁についているデジタルタイマーの液晶が、その代わりを果たしていた。

幽鬼の部屋のすぐ隣には階段があったが、まずはこのフロアを回ることにした。バックパックの中には懐中電灯もあったのだが、幽鬼は使わなかった。普段から夜中心の生活をしている幽鬼なので、このぐらいの暗さでも行動に支障はなかった。懐中電灯の電池を節約したいという気持ちもあった。暗所で行われているこのゲームにおいて、照明器具はおそらく、最重要のアイテムであるはずだからだ。周囲に警戒を払いつつ、幽鬼（ユウキ）は進んだ。

フロアを一周した。劣化し、壁から剥がれ落ちていたフロアの見取り図を見るに、ここは五階らしかった。窓はなく、差し込んでくる明かりがないため、現時刻はわからない。全部で六つの部屋を確認することができた。どの扉から開けてやろうかと、二周目を歩きつつ、幽鬼（ユウキ）は考えた。いつもならいちばん大きなものからいくところなのだが、見るに、扉の大きさに差はなかった。仕方ないので、あてずっぽうで選んだ扉を開けた。

幽鬼（ユウキ）がいたのと、同じ大きさの部屋だった。

荒廃した内装。照明代わりのデジタルタイマー。

その冷たいコンクリートの上で、すやすや眠っている娘さんが、一人いた。

「……おや」

珍しいな、と幽鬼（ユウキ）は思った。

眠っているプレイヤーを発見する。幽鬼（ユウキ）には数えるほどしか経験のないことだった。ゲーム前に渡される睡眠薬の効きがいいので、起きるのはいちばん最後になるというのが幽鬼（ユウキ）の常だった。最近は生活習慣を改めつつある幽鬼（ユウキ）であり、睡眠の質についても多少は改善しているので、それにともなって薬の効きが変わったのか――。そんなふうに考えつつその娘に近づいた。

幽鬼（ユウキ）と同じく、白いワンピースを着ていた。いいとこのお嬢様のような雰囲気があって、幽鬼（ユウキ）よりも衣装を着こなしていた。本物の金よりも高値で取引されそうなほど綺麗（きれい）な金髪を持っており、その先のほうは、くるくると渦を作っていた。縦ロールというやつだった。現実にお目にかかる機会はそうそうない髪型だ。珍しいな、と幽鬼は思った。寝ているうちにちょっと触ってみよう、という悪戯心を覚えて、忍び足で彼女のそばに寄った。

　そのときだった。

　その娘が、唐突に寝返りを打った。

　素早い寝返りだった。彼女のブロンドが遠心力にしたがってぶわりと広がり、至近距離にいた幽鬼の視界を埋め尽くした。縦ロールに触りたいという幽鬼の願いは、皮肉にも叶えられた格好になる。しかしそれと引き換えに失ったのは全視界。視力が回復するよりも先に、幽鬼の首に冷たいものが突きつけられた。

　爪だ、とすぐにわかった。

　その娘の、長く伸ばしている爪だった。

「――誰ですの？」

　長いまつげのついた目をひとつ瞬きさせて、その娘は言った。

　同時に、首にかかる圧力が強まった。

　幽鬼は両手をあげた。ホールドアップだった。

「……幽鬼って言います。よろしく」

（2／30）

　その後の動きは早かった。お嬢様めいた娘は部屋を順々に周り、各部屋で寝ていた娘さんがたを叩き起こした。ものの五分もしないうちに、その階にいた全員がひとつの部屋に集合した。

「この部屋だけ、誰もいないんですのね」

　部屋を見渡しつつ、お嬢様は言った。

「ただ空室なだけなのか、それともまだ潜んでいるプレイヤーがいるのか……。ゲームを進めていけばわかることですけれど」

　お嬢様は、自分が集めたプレイヤーたちに視線を移した。幽鬼もその視線を真似た。

　幽鬼とお嬢様を含めて、五人だった。全員がおそらく未成年の女の子であり、また全員が、白いワンピース姿だった。そういえばどうして今回の衣装は白ワンピなのだろう、と幽鬼は思う。廃ビルが舞台だから、〈幽霊〉のイメージなのだろうか。だとすれば幽鬼は、今回のゲームに誰よりもふさわしい人材であるといえる。

「まずはセオリー通り、自己紹介から始めましょうか」

　お嬢様は、幽鬼を見て言った。

「とはいっても、大半はすでに見知った仲なわけですけど」

「え？」

　幽鬼は、改めてプレイヤーたちに視線を一周させた。奇遇なことに、彼女らの視線も、すべて幽鬼に向いていた。

「あの……もしかしてみなさん、知り合い？」

「ええ。これまでのゲームで、何度かご一緒しました。知らないのはあなただけですわ」

逆に幽鬼はここにいる全員を知らなかった。三ヶ月前のゲーム――〈キャンドルウッズ〉で、プレイヤー層は大きく入れ替わることとなった。彼女らはおそらく、あのゲームのあとに入ってきたプレイヤーたちだろう。

「それじゃあ、私から」と幽鬼は言った。なにが〈それじゃあ〉なのかよく考えたら不明だったが、幽鬼は構わずことばを続けた。

「幽鬼と言います。ゲームの参加は、これが十回目。前回のゲームからややブランクはありますが、まあ、それなりにお役に立てるとは思います」

十回目、と言った途端、お嬢様が眉をひそめたのを幽鬼は見逃さなかった。おそらく、彼女のプレイ回数は十回未満なのだ。彼女が〈キャンドルウッズ〉以後に入ってきたプレイヤーであるのなら、それが自然である。ほかの三人についても同様のことがいえる。

「よろしくお願いします」

幽鬼はそれを結びとして、会釈した。

「……それだけですの？」との声が、お嬢様から返ってきた。

「それだけ？」

「どんな技能を有しているのか。なにができるのか。そういうところも教えていただけないと、どう扱ったものか判断しかねますわ」

そんなことを言われたのは初めてだった。ゲーム開始時の挨拶は、プレイヤーネームとプレイ回数、あとは適当でよしというのが幽鬼の知るならわしだった。ゲームから離れていた時間の長さを幽鬼は思う。彼女がいない間に、いろいろ変わったということなのだろう。

幽鬼は少し考えて、「……あの、多分これって脱出型のゲームだと思うんだけど……トラップの有無を見抜くのにはそこそこ自信があるよ。近接格闘のスキルも、まあそれなりに。逆に苦手なのは、あれだな……知識のいるタイプのゲーム。まともに学校通ってなかったから」

お嬢様を見た。「こんなもんでどう」と言った。

「まあ、いいでしょう。だいたいわかりましたわ」

ことばにやや棘があるな、と幽鬼は感じた。「それでは、次はわたくしめが」とお嬢様は言う。

「御城、と申しますわ。ゲームは今回で八回目。統率能力に優れているものと自負しておりますので、普段はみなさんのまとめ役を務めておりますの」

なんとなく察していたが、この縦ロールお嬢様な娘がプレイ回数最多、かつリーダーということらしい。幽鬼への態度が刺々しいのも納得だ。自分より経験豊富なやつが現れたら、そりゃあ、気分は穏やかではないだろう。

「どうぞ」と御城（ミシロ）は隣の娘に手を向けた。「言葉（コトハ）、です」と、しゃべり慣れていない声でその娘は答えた。

「ゲームの参加は、五回目です。その……知識面で、みなさんのサポートを務めたいと思っています」

図書委員とかやってそうな娘だな、と思った。言葉（コトハ）という名前と、知識面に優れているという自称と、その眼鏡の奥にある、伏し目がちな視線からの印象だった。

眼鏡、というのがいくぶん特徴的である。眼鏡をかけているプレイヤーの数は——わざわざ言うまでもないことだが——きわめて少ない。このゲームのプレイヤーがあまさず受ける事前処置、〈防腐処理〉によって、視力はある程度の矯正を受けるためだ。運営の医療技術でも解決できない複雑な事情を抱えているのか、それともあの眼鏡は伊達（だて）で、おばあちゃんの形見であるなどの、並々ならぬ事情のためにそれを身につけているのか。すごく聞きたかったのだが、聞ける雰囲気でもなかった。

「思う、では困りますわ」

目を閉じたまま御城（ミシロ）は言った。

「いつも言っているでしょう。自信のない表現はやめなさいと。命懸けのゲームでそういう態度はいただけませんわ」

「あ。……う、すいません」

言葉（コトハ）は頭を下げた。なんというか、いたたまれないやりとりだった。この二人の、普段の関係性がなんとなく察せられた。

「終わりです」と言葉（コトハ）は次の娘にバトンを渡した。「智恵（チエ）でーす」と、棒線が見えるぐらいに間延びした声でその娘は言った。

「ゲームは、確か四回目かな。役割は……まーなんでしょう、器用貧乏っていうか、なんでもできるけどなーんも突出してない感じですね。よろしくお願いしまーす」

　要領のよさそうな娘さんだった。茶色の髪をサイドテールに結んでいる。特定のグループに所属しておらず、それでいてどこのグループにもうまく溶け込める娘というのが、どこの学校のどこのクラスにも一人はいるものであるが、彼女はまさにそれだった。いかにも世渡り上手そうであり、どうしてこんな娘がゲームに参加しているのかと幽鬼（ユウキ）は気にかかったが、やはり聞ける雰囲気ではなかった。「どーぞ」と智恵（チエ）が言うのを、指をくわえて見ていた。

「毛糸（ケイト）です」

　ことばの切れ目に、その娘は怪しげな笑みを見せた。

「ゲームはこれで六回目。得意なのは――勝つ人間を、いち早く見極めることです。よろしく」

〈勝つ人間を〉のところで、彼女は御城（ミシロ）に目くばせした。

　ものすごく胡散臭（うさんくさ）い感じの娘だった。それこそ毛糸のようなひょろりとした体型に、どこか裏のありそうな微笑（ほほえ）みを併せ持つ。どこからどう見ても女の子ではあるのだが、ことば巧みに金品を貢がせるホストのような、売れているときだけ芸能人をよいしょするテレビマンのような、よくない男の雰囲気がなぜかあった。

いわゆる〈金魚の糞〉のプレイヤーだろうと幽鬼は推測する。強者を見つけ、それにおもねることで、ともに生き残ろうというプレイスタイルである。この場合の金魚とは、むろんあのお嬢様だ。こういう娘が意外と長生きするのだと幽鬼は経験的に知っていた。もっとも、その精神性ゆえ、トッププレイヤーになることは決してないのだが。

これにて五人。全員が自己紹介を終えた。——少なくとも、ここにいる分については。

「六人目もいるのかな」幽鬼は言う。

フロアに並んでいた部屋のうち、ここだけが空室だった。それが示すのは六人目がいるかもしれないという可能性だ。ゲームの舞台とプレイヤー数の折り合いなんていつもうまくいくものではないし、実際、似たようなケースで、単に部屋が余っていただけなんてことも多々あった。しかし、なにしろ、これは殺人ゲームなのである。ほんのわずかな不自然にも、考えを向けないではいられない。

「考えても仕方ありませんわ」

金髪のお嬢様、御城が言った。

「さっきわたくしが言いました通り、ゲームを進めるうち自然とわかることです。今は目の前のことに意識を向けるべきではありませんこと？」

淡白だな、と幽鬼は思わないでもなかったが、ごねるほどのことだとも思わなかった。

「そうだね」と同意を口にする。

「では、その話に移りましょうか。ゲームを進めるにあたってですが――」

御城は、一度幽鬼に目を向けてから、次の言葉を放った。

「――いつものように。わたくしがリーダーを担う、ということでよろしいですか？」

（3／30）

最初にうなずいたのは、毛糸だった。金魚の糞にふさわしい行動である。

図書委員の言葉も、友達の多そうな智恵も、遅れてうなずいた。

首をそのままにしていたのは、この場におけるたった一人の新参者、幽鬼だけだった。

「わかりました。賛成多数のようですので、今回もわたくしが――」

「異議ってほどじゃないけど」

ここは少し言っておこう。幽鬼はそう思った。

「理由を聞かせてもらっていいかな。一応、プレイ回数の最多は私だけど。自分がリーダーにふさわしいと考える理由は？」

「役職への適性と信用からですわ」

御城はすぐに答えた。

「プレイ回数の多寡は問題ではありません。単に自分が生き残るのと他人を統率するのでは、使う頭が違いますもの。それに、この場の誰もあなたのことを知りませんわ。総合的に見て、みなさんにとって慣れ親しんだわたくしがリーダーを務めるほうが安心。そうではありませんこと？」

それはまあ、その通りだった。幽鬼は黙った。

「それに——少々、あなたのことを疑っておりますの」

くすくす、と笑いながら御城は言った。

いい笑顔だった。見惚れてしまいそうだった。それが嫌味を含んだものでなかったら、幽鬼は完全にやられていたことだろう。

「わたくしの観察する限り、とても十回のプレイヤーには見えませんわ。所作のひとつひとつが垢抜けていませんもの。ああも簡単にわたくしに制圧されたのに、〈格闘スキルはそこそこ〉というのも疑わしいですわね」

「ふ・い・て・るって言いたいのか？」

「いいえ？　ただ、もう少し、つじつまが合うように発言したほうがよろしいかと」

幽鬼はほかのプレイヤーたちに目を向けた。彼女らが返してきた視線は、幽鬼の分が悪いということを示していた。

それは幽鬼自身も認めるところだった。言い方に棘があって気に入らないところはあるが、確かに、御城の言う通りだ。プレイ回数とリーダーの適性が無関係なのは事実。幽鬼にリーダーを務めた経験がなく、御城には複数回あるのだろうということも事実。御城の爪が幽鬼の喉首をとらえたというのも事実。振る舞いが素人くさいというのも、自分では意識していないが、たぶんその通りなのだろう。

一応、幽鬼にも、言い分がないことはなかった。前回のゲームから、かなりのブランクを彼女は空けていたのである。〈キャンドルウッズ〉以後、部屋の大掃除をしたり生活習慣を見直したり、あとは高校への入学手続きやらなにやらで、本業のほうがご無沙汰になっていたのだ。もちろん、すべてはプレイヤーとしてレベルアップするためやっていることではある。今この瞬間に限っては弱くなっていることを認めざるをえないが、もしもそれが終われば――あるいは〈キャンドルウッズ〉以前の幽鬼であったなら、こんな高飛車お嬢様に遅れをとるつもりはない。

が、このゲームではその瞬間の能力がすべてだ。そんな言い訳は見苦しい。「わかったよ」と幽鬼は牙を引っ込めた。

「御城さん。私は、あなたをリーダーと認めます」

「それでは全会一致ということで。ゲームを始めましょうか」

御城は、幽鬼から視線を外した。

代わりに目を向けたのは、部屋の壁についている、赤いデジタル数字。〈05：11：13〉と表示されていた。

「あのタイマーを見るに、どうやら脱出型のようですわね。素直に階段を降りていくことにいたしましょう」

脱出型とは、ゲームの分類のひとつである。その名の通り、特定空間からの脱出を目指すゲームだ。たいていの場合、会場には人を死に至らしめるトラップが満載であり、プレイヤーはそれを避けながら進まないといけない。ゲームバランスの設計がしやすいのだろう、全種類中最も出くわす機会の多いゲームである。

御城は、自分の足元にあったバックパックを開けた。幽鬼に支給されたのと同じものだ。懐中電灯を取り出して、一瞬だけ光らせた。

「みなさんのバックパックにも入っていましたか?」

今度は、幽鬼を含め全員がうなずいた。「ひとつずつ使いましょうか」と御城は言う。

「前を見通すのには、ひとつで十分ですわ。電池がどのぐらいもつのかわかりませんし、節約しながら進むのが賢明でしょう」

幽鬼も同感だった。暗闇であることに意味があるとしたら、それしかない。このゲームにおいて照明——すなわち視界は、厳格に管理しなければならないリソースなのだ。

五人は廊下に出た。暗い中、縦に並んで歩いた。懐中電灯で照らしつつ先頭を行く勇者を、幽鬼たちはじゃんけんでもって決めた。ひょろりとした体つきの娘さん、毛糸に決まった。彼女が前方を照らし、ほかの四人がＲＰＧのパーティのごとくついていく構図となった。

闇の深さの分だけ、神経を尖らせて進む。

廊下を踏破し、階段を降りる。

踊り場にさしかかったところで、「……おっと」と、毛糸は足を止めた。

「なんですの？」

御城の質問に、毛糸は行動で答えた。踊り場の床を照らしたのだ。

そこには、穴が空いていた。

人間一人を飲み込むことなど、造作もない大きさのものだった。

「ああ……。なるほど」合点がいったというふうに御城が言う。「あちこち崩落してるんですのね、この建物。足元を照らしていないと、落っこちてしまうわけですか」

「いえ、それだけではなく……」

「？」

毛糸はその穴にライトを照射した。プレイヤーたちは、奥をのぞき込んだ。「いっ……」というリアクションを智恵が放った。

穴の底には死体があった。

（4／30）

うつ伏せの体勢だった。顔は見えなかったものの、幽鬼たちと同じくワンピースを着ていること、プラス、未成年の女の子であることが背格好からわかった。暗闇ゆえいまいち距離感がつかめないが、おそらくひとつ下の階——すなわち四階——に、それは接地していた。首と胴体の間にありえないぐらいの角度がついていて、まず間違いなく死んでいた。

頭を地面に強打したようであり、ぶつけたところから〈中身〉がこぼれていた。それは血の赤色ではなく、体液の透明でもなく、白だった。このゲームのプレイヤーが事前に受ける肉体改造──〈防腐処理〉によって、流出した体組織は、ぬいぐるみの綿のような白いもこもこになるのだった。これにより人が死んでも画面がえぐくなることはないという、このゲームをショービジネスたらしめている運営の工夫のひとつなのだが、どうなのだろう、本物の死体というのを幽鬼は見たことがないので、効果を成しているのかどうか、あまりわからない。

「六人目、ですわね」

御城が言った。その声は落ち着いていた。

「一足先に目覚めて、ふらふら歩いていたら落っこちた、というところでしょうか」

フロアにひとつあった空室。その謎は、これにて解明されたわけだ。

また、幽鬼の抱えていた個人的な謎も、ひとつ解決を見た。今回のゲームにおいて自分が早起きできた理由である。幽鬼の部屋は階段のすぐそばにあった。つまり、このあわれな彼女が四階に墜落したとき、その音が最も大きく聞こえる立場にあったのだ。幽鬼の眠りは今まで通り深いままだったらしい。少し残念だった。

「おろかですわね。こんな廃墟で足元に気をつけもせず歩くなんて。しかも、ほかのプレイヤーを起こしもしないで……」

御城はそう毒づいた。「まったくです」と毛糸は同意するのだが、

「いや……あの」

そこで声をあげたのは、図書委員のような娘さん、言葉だった。

「なんですか、言葉さん」御城が聞く。

「あの、あれ……」

「〈あれ〉ではわかりませんわ」

御城に詰められるのだが、言葉はうまく表現できない様子だった。最終的に、彼女は〈あれ〉を指差した。

その指の先には、懐中電灯があった。

物言わぬ六人目の遺体の、左手のそばに落ちていた。彼女に支給されたものだろう。

それを見て、「ああ」と幽鬼は察した。「えっと、つまり……あれか」と、言葉のほうを向きながら、表現を選んだ。

「〈落とし穴〉なんだな、これ」

それが言いたかったんだ、というふうに、言葉はうなずいた。

ライトがそばに落ちている。つまり六人目——あるいは一人目というべきかもしれないが——の彼女は、道を照らしながら進んでいたということだ。

にもかかわらず彼女は穴に落ちた。

なぜなのか。答えはひとつしかない。この穴は、彼女がここを踏んだ瞬間に開いた——

すなわち〈落とし穴〉だったということだ。

前方を照らしながら進めばセーフなんて、そんな甘いゲームではない。

床のやわいところを踏んだなら真っ逆さま。

これは、地雷ゲームなのだ。


（5／30）


一行は四階に降りた。踊り場から四階に至るまで、〈地雷〉はなかった。ダメージを受けたプレイヤーはいなかった。ただ、その距離分彼女たちが神経をすり減らし、階段を降りる時間分、懐中電灯の電池が消費されたというだけだ。

普通、ビルの階段というのは一階まで直通しているものだが、このゲームがそんな優しい設計であるはずもなかった。一階分を降りた時点で階段は途切れ、その先にあったのは、あてのない四階の暗闇だけだった。随所で時を刻んでいるデジタルタイマー以外に、明かりはない。フロアのどこかに三階への階段はあるのだろうが、手がかりはなにもなかったので、しらみつぶしに歩くという以外の作戦を一行は持ちえなかった。

一行はまず、例の遺体を調べに行った。間近で観察し、わかったことはふたつ。ひとつは、この娘が間違いなく死んでいるということ。ふたつは――こっちのほうが重大だったのだが――彼女の懐中電灯が、すでに電池切れになっているということだった。彼女が死んだあとも、電灯が点けっぱなしになっていたためだろう。

追加の電池を手に入れることはできなかったものの、それでも、彼女のバックパックから使えそうなものを物色し、一行は遺体を後にした。

フロアの攻略に繰り出した。踏んだら真っ逆さまの〈地雷〉が仕掛けられているという事実を受けて、隊列は少し変更された。先頭を毛糸が歩くというのはこれまで通り。その後ろに距離を空けて、四人が続くというのもこれまで通り。しかし、その間には、一本の物理的な線が引かれるようになっていた。

支給品のロープである。

それが、四人の手と、毛糸の胴体とを結んでいた。

「なんか、犬にするみたいで嫌な感じだな……」

前方を歩く毛糸を見つめながら、幽鬼は言った。

ロープでつないでいる目的は言うまでもない。彼女が〈地雷〉を踏んだとき、床に激突しないよう引き上げるためだ。人間一人の体重を支えるためのものなのだから、手に握らせておくとか、腕に巻いておくとかでは不十分である。胴体にしっかり巻かないといけない。

しかし、これでは、犬の散歩のような、あるいは連行される奴隷のような構図である。

「仕方ありませんわ。ビジュアルの良し悪しより、安全のほうが大事ですもの」

御城は言う。それはまあ、おっしゃる通りではある。

それに、なにもこの処遇が永遠に続くわけではない。同じプレイヤーがずっと先頭を歩くというのでは、そのプレイヤーの負担が大きすぎる。ワンフロアごとに交代する手筈だった。無事何事もなく三階に降りるか、あるいは毛糸が〈地雷〉を踏んで、あのあわれな六人目のごとく死亡してしまった場合、またじゃんけんをして後任のプレイヤーを決める。先頭を歩くことはできることなら避けたいが、完全に回避してしまうのも考えものだと幽鬼は思っていた。幽鬼が予想するに、このゲームはおそらく、それを許さない。

「――待った、毛糸さん」

幽鬼は言った。あたかもロープを伝って電流が流れたかのように、毛糸は背中をびくつかせて、立ち止まった。

そして振り返った。「なんです？」

「その先、ちょっと怪しい」

幽鬼は目を細めた。毛糸の照らしている道の先が、よりはっきりと見える。

「迂回したほうがいいかもしれない」

「……理由を聞いても、よろしいですこと？」

御城が言った。〈でしゃばるなよこいつ〉という顔をしていたが、話は聞いてくれるようだった。

「監視カメラがついてる。かなりわかりやすい位置に」

幽鬼は天井近くを指差した。毛糸のライトが、それに吸い寄せられるように動いた。

そこには、確かにカメラがあった。巧妙に隠してあるわけでもなければ小型のものでもない、監視そのものよりも企て事の防止を目的に設置されるような、〈見せ〉のカメラである。

「よくわかりましたね、あんなの」

智恵（チエ）が言った。「夜目はきくほうなんだ」と幽鬼（ユウキ）は答える。

「しかし、カメラがあるからなんですの？　そんなもの、ここにはいくらでもあるでしょう」

幽鬼（ユウキ）たちプレイヤーはあまり意識する機会がないのだが、このゲームはショーである。彼女たちの一挙手一投足は、絶えず好事家の〈観客〉たちに送信されている。なので、会場には至るところに——法律的なことなんてむろん考えちゃいない〈至るところ〉に——監視カメラが仕掛けてある。カメラがあること、それ自体は普通だ。

「あからさまに見せてきてることが問題なんだ。ああもでっかいカメラがあったら、なにかあるって思わない？」

「わざわざトラップの位置を知らせているということですの？　どうして？」

「番組を面白くするためさ。ドッキリカメラが、ばれるかばれないかのぎりぎりにまで、あえて踏み込んでみせるのと同じだよ」

その説明が御城（ミシロ）を納得させたのか。それとも結論はすでに出していて、ただ突っかかってきただけなのか。あるいは納得こそしていないが、なにか嫌なものを感じはしたのか。

ともあれ御城（ミシロ）は「まあ、いいでしょう」と言った。

「引き返しましょう、みなさん」

こうして一行は、しらみつぶしの探索に初めて変化をつけた。来た道を戻り、三叉路（さんさろ）の真ん中の道を選択し、また毛糸（ケイト）を先頭にして歩いた。

が、一分もないうちに幽鬼（ユウキ）は次の「待った」を放った。

「こっちも怪しい。引き返そう」

「……今度はなんですの？」

御城（ミシロ）が言った。その目が細められ、天井近くに向いた。

「カメラはないようですけれど。なにをもってそう判断したんですの？」

「……勘かな。女の勘」古臭い表現を幽鬼（ユウキ）はした。

ごまかしているのではない。本当に勘としか言いようがなかった。なんの変哲もなさすぎて逆に怪しい道の様子、一帯にただようゆるりとした気配、やや弛緩（しかん）してきたプレイヤー間の空気、ビル全体におけるここの位置関係とゲーム全体から見たこのタイミング、過去のゲームにおける運営のやり口などなど総合的に考えて、なんとなく〈嫌な感じ〉を覚えたというだけだ。うまくことばに表すことはできないのだが、さっきのカメラの場所よりも、いや、ひょっとしたらそれ以上に幽鬼（ユウキ）は、怪しさを感じている。

「うまく説明できないけど、たぶん、やめといたほうがいい」

「幽鬼（ユウキ）さん」

御城は言った。その瞳は冷ややかだった。

「わたくし、今ならまだ、あなたのことを受け入れる心の用意がありますわ」

「なんの話？」

「あなたの気持ちはお察しいたしますが、しかし、ここは、勇気ある選択をお願いしたいですわね。さすればわたくしたちも、同じだけの歩み寄りをいたしますわ」

「言いたいことがあるならはっきり言ったら」

「よろしいのですか？　では、遠慮なく。――変に意地を張るのはおやめなさい」

そのとき、辺りが暗闇に包まれた。

毛糸が懐中電灯を消したのだ。〈長くなりそうだ〉と判断したのだろう。

「引っ込みがつかなくなったのでしょう？　我十回目なりと偽ってしまったものですから。あなたは少しでもいいから、十回目らしい演技をしなければならなかった。危険を察知するとはじつにうまい手ですわね。道を引き返している限り、嘘が露見することはありませんもの。生きるか死ぬかの修羅場でやらないでほしいとは思いますけれど」

頭の中で勝手にシナリオ組むな、と思った。

「勝手にシナリオ組むな」そのままを言った。

「妄想たくましいね。このゲームに向いてるよ、御城さん」

「毛糸さん。構いません、そのまま直進してください」

毛糸はライトを点けた。その顔には不安が浮かんでいた。「よろしいので？」

「ええ。彼女の言うことは、お耳に入れなくてもよろしいですわ」

まじかよ。幽鬼は思った。ここは一応引き返そうとか思わないのか。やつが言ったからあえて無視して直進する。それはそれで意地を張っているということじゃないのか。

幽鬼はほかのプレイヤー――智恵と言葉と、そして毛糸に目を向けた。智恵は気まずそうに目を逸らした。言葉はなにやら考え事をしていて、そもそも目を合わせてくれなかった。毛糸は、御城と幽鬼に視線を交互に向けたのち、「進みます」と言った。

その足が前に出るのが、幽鬼にはやけにゆっくりと見えた。

一歩進んだ。

二歩進んだ。

三歩進んでも、そのあとも、足元が崩れることはなかった。

「…………」

幽鬼は、ほっとする。

「幽鬼さん」

御城が言った。その瞳はあいかわらず冷ややかだったが、あわれみの色も含んでいた。

「いつでも構いません。一言謝罪があれば、水に流しますわ」

心臓に血が溜まるような感覚を幽鬼は覚えた。「考えとくよ」と言った。

（6／30）

幽鬼（ユウキ）にも言い分はあった。自分はあくまで〈怪しい〉と言っただけであり、絶対に道が崩れると言った覚えはないのだ。崩れるか崩れないかで言ったら、そりゃあ、崩れない確率のほうが高いに決まっている。そもそもが幽鬼（ユウキ）にとって不利な賭けだったのだ。〈地雷〉の潜んでいる確率が五パーセントでも一パーセントでも、その程度の〈危なさ〉〈怪しさ〉であっても、引き返す価値は十分にある。だから、結果的にトラップがなかったからといって、幽鬼（ユウキ）が嘘（うそ）八百を言っていたということにはならない。

それが理屈だ。

だが、その場の雰囲気というのはある。

そのような論理展開をしたとて、風向きがよくなるとは思えない。道は崩れなかった。幽鬼（ユウキ）は予想を外した。それがすべてだ。あの御城（ミシロ）とかいう似非（えせ）お嬢様、プレイヤーとしては話にならない三流だが、しかしそのカリスマというか、流れを自分のほうに持ってくる能力については、認めざるをえない。形勢不利なのは幽鬼（ユウキ）のほうだ。ここは、黙して耐えるよりほかにない。

〈地雷〉が炸裂（さくれつ）することはなかった。

一行は無事、四階を踏破した。階段を見つけ、三階に。例によって一階分しか階段は続いておらず、四階と同じ暗闇が待ち受けていた。プレイヤーたちは運命のじゃんけんを行い、選ばれたのは眼鏡の娘さん、言葉（コトハ）だった。彼女に落下防止用のロープを結び、先頭に据えて、四階でしたのと同じように、一行は探索を開始した。

言葉（コトハ）の持つ懐中電灯の電池が切れたのは、それからすぐのことだった。

これにて、ふたつめだった。五階から四階にかけては毛糸（ケイト）が先頭を歩いたわけだが、彼女の懐中電灯は途中で寿命を終えた。そこからは言葉（コトハ）のものを貸与していたので、三階に降りるころにはもう、彼女の懐中電灯はほとんど電池が残っていなかったのだ。

つまり、四階ワンフロアを探索するのに、二人分の電池が必要だったということである。残るフロアは三階分。それに対し残る電池は三人分しかないのだから、このままの調子でいけば、脱出のはるか前に、プレイヤーたちは光源を失うという計算になる。

この事実を前にして、御城（ミシロ）リーダーが放ったのは一言だけだった。

――〈これからはもう少し巻きで進めましょう〉。

「なあ、このままじゃまずいって」

幽鬼（ユウキ）は言う。そのことばは無視された。

「急ぎで行けば間に合うとか、そんな話なわけないって。そもそも電池が足りない設定なんだよ、このゲームは」

幽鬼（ユウキ）は続ける。が、御城（ミシロ）はもちろん、智恵（チエ）も毛糸（ケイト）も言葉（コトハ）も相手をしてくれなかった。それこそ幽霊になったみたいな気分だった。

「電池が五人分で、フロアが五つ。四階ワンフロアでだいたい二人分の電池を消費したってことは、このままのペースでいけば、二階の半ばで全員分が尽きる計算になる。残り一フロア半。それだけの距離を急ぎで踏破するなんて無茶（むちゃ）だ」

三階に降りてすぐ――言葉（コトハ）のライトが電池切れになったあたりから、ずっとこんな調子だった。このゲームに対する己の見解を、幽鬼（ユウキ）はみなに演説し続けていた。

しかし、彼女の〈格付け〉はすでに済んでしまっている。話を聞いてもらえるわけがないのは必定だった。幽鬼（ユウキ）だってそんなことはわかっちゃいたが、なにしろ全員の死活に関わる問題だ。今の方針で進められると、幽鬼（ユウキ）の身だって危ういのだ。

「どっかで我慢しなきゃいけないんだよ、これ。四、三、二、一階のどっかで、電池を使うのを我慢しないといけない。ってことは……ってことはだよ。下の階に行けば行くほど、トラップも過激なものになっていると考えられる。だってそのほうが〈早く我慢する〉のにメリットがあって、ゲーム的に面白いもの」

話の構成がやや乱れている。そう思いながらも幽鬼（ユウキ）は続けた。焦りを覚えていることを認めざるをえなかった。

「今ならまだ間に合う。四階でそのことに気付いて、三階で実行するっていう、それが運営の想定してる攻略ルートのはずなんだよ。だからここ――三階にあるのはまだ、絶対に死ぬってレベルの罠（わな）じゃないはずだ。逆に二階に行ったらもう手遅れになる。動いたら死ぬからにっちもさっちもいかなくて、でも結局は座して死ぬ。それも運営の想定してるバッドエンドルートのはずだ。わかんないかな。このままじゃ破滅へ一直線なんだって」

自分で言うのもなんだが、うまく説明できていると思う。

論理に破綻はない。わかりやすく話せているとも思う。しかし、であるにもかかわらず、幽鬼のことばに耳を貸す者はなかった。なにがいけないのだろう、と彼女は考える。そりゃあ、これまでの振る舞いからすれば、幽鬼という人間を信用してもらえないのにも無理はあるまいが、それでもその論理は、話の筋が通っているということは、認めざるをえないのではないか。これほど明確なことなのにどうして理解してもらえないのか。幽鬼にはわからなかった。最近は学校にも通い始めて、そこそこ社会能力も身についてきたものと自負していたのに、人間の心理ってやつはあいかわらずわからない。

幽鬼がやきもきしているうちに、ぴたり、と隊列が止まった。

きっかけは先頭。言葉が、歩みを止めたのだ。

「……？　どうしたんですの、言葉さん？」御城が聞いた。

言葉は、一歩を歩む最中、両足を開いた姿勢で停止していた。変なタイミングで〈だるまさんがころんだ〉されてしまったみたいな、ゼンマイの切れた歩行機能付きロボットのような、そんな体勢だった。

そんな体勢のまま、首から上だけを動かして、言葉は言った。「あの、あの……」

「なんですの？　早く言いなさい、電池がもったいないですわ」

急かされて、言葉はことばを続けるのではなく、まずライトを消した。暗闇の中で、「じ、らいです」と彼女は言った。

「〈地雷〉が、ここにあります」

「その先に落とし穴があると？　どうしてわかったんですの？」

「いや……違います、そうじゃなくて！」

言葉（コトハ）は珍しく大声を出した。

「踏んだ感じが変なんです！　こっ、ここに……埋まってます！　本物の〈地雷〉が！」

（7／30）

映画なんかでよくあるやつだ。

ジャングルを進む一行。うち一人が、足元に妙な感触を覚える。足元を見ればそこには、おぞましき鉄の円盤。地雷を踏んじまったのだ。行軍はひととき中止せざるをえず、近くから石かなにかを持ってきて〈重し〉とし、それをおとなしいままにさせておかないといけない。

ああいうシーンを見るたび、幽鬼（ユウキ）は思ったものである。なんだって踏んだ時点で爆発する仕組みにしないんだ？　なんだって離した時点で爆発するなんていう、マウスクリックさながらの方式を採用するんだ？　詳しいことは幽鬼（ユウキ）にはわからないが、たぶん、実在するものではないのだろう。時代劇の馬が本来いるはずのないサラブレッドであるのと同じだ。ドラマをうまくやるための脚色というわけだ。

しかし、そのフィクションの産物が、今、幽鬼（ユウキ）たちの目の前にあった。

「あの、あのあのあのあのこれ」

言葉はスクラッチした。「落ち着きなさい」と御城は言う。

「現状維持ですわ。そのままの姿勢をキープなさい」

「はい……」

言葉は涙声だった。地雷を踏んだら、誰だってそうなる。

いい機会だ、と幽鬼は思い、御城の肩を指でつついた。物理的な接触についてはさすがに無視できなかったようで、彼女の視線が幽鬼に向いた。

〈どうだ〉という顔をしてやった。

「……ふん」

と言って、御城はそっぽを向いた。

もちろん、このことからわかるのは、三階の罠が四階に比べて強力になっているという、その一事にすぎない。電池を節約する必要があるのかどうか、二階の罠がさらなる強力さを有しているのかどうか、まったく不明だ。が、部分的にではあるものの、幽鬼の推測が当たっていたことを認めざるをえない。そういうニュアンスがあの〈ふん〉にはこもっていた。

「とにかく……映画の見様見真似で、やるしかありませんわね」

御城は背負っていたバックパックを降ろした。逆さにし、入っているものを全部吐き出させた。「なにするつもり?」と幽鬼は聞いてみる。

「決まってるでしょう。瓦礫を詰めて、〈重し〉に使うのですわ。このままではおそらく圧力が足りないでしょうから」

――なんだ、ちゃんとわかってんだな。

そう幽鬼は思った。もし気づいていなければ、指摘して差し上げるつもりだったのだが。プレイヤーとして三流という評価は取り消そうと思う。少なくとも二流。そう認めてやらないでもない。

ここは廃ビルである。怪我をせずに歩くことが困難なほど、辺りは廃材であふれている。バックパックへの詰めものを探すのは難しくなかった。

「お願いしますわ」と言って、御城は言葉にバックパックを渡した。

「相当に当たりどころが悪くない限り、命までは取られないものと思いますが……それでも慎重になさい」

「……わかりました」

一行は地雷――すなわち言葉から距離をとった。角を折れて、まず爆発には巻き込まれないようにした。地雷の威力は大したものではないというのが一行の読みではあったし、言葉が失敗するというのもあまり考えたくないことだったが、念のためだった。薄情といえば薄情ともとれる行動だが、とはいえ近くにいたところでできることもないので、悪しからずと言いたいところであった。

「よろしいですわ」と御城が合図をした。

一行は息を潜めた。幽鬼は心の中で、時を数えた。

十秒経った。

二十秒経った。

三十秒経っても、そのあとも、なにも起こらなかった。

「……お、終わりました……けど」

やがて、か細さの極みのような声が聞こえてきた。

それをもって、一同の間に、安堵の空気が流れる。

「一件落着ですわね……」

御城が言った。

「お疲れ様ですわ、言葉さん。念のためそこの道は避けますので、戻っていらっしゃい」

「は、はいっ」

言葉は大きめに返事をした。よほど怖かったのだろう、足音が聞こえるぐらいにあわただしく彼女は戻ってくる。

その最中、なにかを引きずるような音がした。

その正体に、幽鬼はすぐ思い至った。

「あ。言葉さん！　ロープを引っ掛けないように――」

慎重にゆっくり戻って来い。

――とまで、言い切ることはできなかった。その前にごとん、と、地獄の釜の蓋が開くような、重く低い音が聞こえてきたからだ。

幽鬼（ユウキ）の血の気が一瞬で引いた。

「あ――あのばか！」

御城（ミシロ）が叫んだ。その口が次の罵倒を発するよりも前に、

（8／30）

音は、ぼん、で間違いなかった。

予想より大きくもない、小さくもない、そこそこの爆発音だった。爆熱で温められ、爆風に運ばれた廃材たちが、道の端から先を競うように飛び出してきた。壁に反射したそれらが幽鬼（ユウキ）たちに降りかかってきたので、彼女らはその場に小さくなって身を守らねばならなかった。が、生じた脅威といえばせいぜいその程度であり、四人のうち誰も、怪我（けが）といえる怪我を負うことはなかった。事前の避難が功を奏した。

しかし。

しかし、あとのもう一人は。

「言葉（コトハ）さん！」

そう叫んだのは幽鬼（ユウキ）一人ではなかった。タイミングこそばらばらだったが、全員が叫んだ。火薬の匂いがぷんぷんに香る廊下を進んだ。煙と粉塵（ふんじん）のためライトは機能せず、幽鬼（ユウキ）

たちは手探りで状況を把握しなければならなかった。

まず、道の先がなかった。

地雷の炸裂とともに、盛大に崩れていた。ここの廊下はそこそこの幅があったのだが、左端から右端まで、道幅いっぱいに崩落していた。縦方向にも同じだけの領域が崩れているものと推測され、だとすれば、ジャンプして向こう側に渡ることなど到底不可能だった。

そして、こちら側に言葉はいなかった。

言葉はもちろん、言葉らしきものもなかった。たとえばばらばらに吹っ飛んだのだとしても肉片のひとつは残るはずであり、それすらもないとなると、これは、道の向こうに飛ばされたのだろうということで全員の見解が一致した。

また、彼女を不幸に追いやった犯人、それを発見することもできた。

言葉の胴体に巻かれていた、落下防止のロープである。

幽鬼はそれを拾い上げた。当たり前のように、途中で焼き切れていた。もう少し早く指摘できていれば、と思う。決して動かしてはならない物体のそばで、〈こんなもの〉がちょろちょろしているという事実を、もっと深刻にとらえておくべきだった。暗所の作業だったことが災いした。幽鬼たちはおろか、言葉本人ですら、これを身につけていることを失念していたに違いない。

あのごとんという音。おそらく、バックパックが倒れた音だ。どこにどうロープを引っ掛けた結果、バックパックが倒れるに至ったのか、それはわからない。わかるのはふたつ。

ひとつはここが、引っ掛けるものがいくらでもある廃材だらけの廊下だということ。ふたつには、そんな場所であわただしく駆け出してしまったら、どんな力がロープからバックパックにかかりうるか、まったく予想がつかないということだった。

そのうちに煙も晴れてきたので、幽鬼がライトを使用し、道の先を照らした。

言葉は、いた。――あ・っ・た。

「――っ」

誰かが息を呑んだ。その音を幽鬼は聞いた。

が、幽鬼は逆に、ほっと一息ついていた。なぜなら言葉が、まだ原形をとどめていたからだ。確かに彼女の両脚は丸々吹っ飛んでいたし、白いもこもこ化した血液をそこらじゅうにばらまいてもいた。うつ伏せにぐったりとしていて、どうやら意識もなさそうだった。

だが、幽鬼の見たところによれば、その命を失うまでには至っていなかった。

幽鬼の読み通りだ。三階の罠では、致命傷には至らない。

「言葉さん！　聞こえますか！」御城が言った。

言葉は返事をせず、身じろぎもしなかった。やはり気絶している。

「……あれはもう、だめですわね」と、お嬢様は息を吐いた。

「幽鬼さん、ライトを消してください。いつまでもさらし者にするのは彼女に悪いですわ」

「え……」

幽鬼はとまどった。電池がもったいないのでとりあえずライトは消したが、聞いた。

「見捨てるの？　まさか」

「見捨てるもなにも。あれが生きているように見えますか？」

「いや、生きてるって。〈防腐処理〉があるんだから、あれぐらいどうってことないよ」

　このゲームのプレイヤーは、ただの一名の例外もなく、〈防腐処理〉と呼ばれる人体改造を受けている。その効果により彼女たちは体臭を持たず、体の半分が吹っ飛んでも失血死することはなく、雨ざらしにしたとしても遺体が腐ることはない。プレイヤーが死んだとき見苦しくならないようにするためというのが、〈防腐処理〉の目的の第一なのだが、これは同時に、プレイヤーの肉体を頑丈にするという効果をもたらしてもいた。たかが両脚が吹っ飛んだ程度、怪我のうちにも入らないとまではいえないが、致命傷にはならない。実際、幽鬼は過去のゲームで四肢すべてを切断したことさえあるが、今ではこうして、元気に飛んで跳ねてしている。

「首の骨折ってるとか、頭の打ちどころが悪かったとかだったら知らないけど。外見的には命に別状ないはずだよ」

「生命的な意味ではありません。プレイヤーとして死んだ、という意味ですわ」

「あ？」

「両脚が丸ごと消え失せているのですよ？　そんな状態で、どうやってゲームに復帰するんですの？　あなたがバックパックの代わりに背負ってあげるんですの？　よしんばそれで生還したとして、あの怪我が完治するとお思いですの？」

生命を軽視していることきわまりないこのゲームだが、意外にもゲームの〈外〉においては、プレイヤーは手厚く保護されている。ゲーム終了後には、運営による医療的サポートを無料で受けることができるのだ。〈防腐処理〉の存在のため、治療可能な怪我の範囲は通常よりかなり広い。腕が飛んでも足が飛んでも、ぬいぐるみを継ぎ接ぎ（つぎはぎ）するような手軽さで治してもらうことができる。だが、爆弾でばらばらに吹っ飛んだとあっては、いくら運営の医療技術でも元通りにはならないだろう。

「彼女がプレイヤーとして復帰できる可能性は、ゼロですわ」

「そうかもしれないけどさ」

「それに、助けに行くのもただではありませんわ。向こう側に通じる経路を探すのに、余計に電池を使わないといけない。本来なら踏まなくてもいい地雷を踏むリスクも背負わないといけない。そのコストに見合った価値が果たして彼女にありますか？」

「――コスパが悪い。そう言いたいのか？」

「表現を選ばずに言えば、そうなりますわね」

幽鬼（ユウキ）はほかの二名――智恵（チエ）と、毛糸（ケイト）にも目を向けた。

「……いやー、しょうがないんじゃないですかね、これは」と智恵（チエ）が言った。

「私たち一応、お互いに生き残るため組んでるわけですし。仲間意識はありますけど、なにがなんでも助けに行く、みたいなのとは違いますよね。それに今回の件って、言葉（コトハ）のポカが原因なわけじゃないですか。スルーしてもばちは当たらないと思いますよ」

「右に同じ」毛糸が続いた。

「余計に電池を使って、共倒れになったら最悪です。電池を節約すべき、と言ったのは幽鬼さん、あなたですよね」

幽鬼は、目を細めた。

薄情だな、とは思わなかった。

他人より自分。利他よりも利己。なんだかんだ言って、それがこのゲームの常だからだ。言葉の状態もこの場合は問題である。生きているのかすらもまず怪しいし、仮に生きていたとして、自力での歩行はもはやできないのだから、誰かが背負って運ばないといけない。そんな文字通りの〈お荷物〉抱えて生き残ろうなんてのは考えが甘い。あらゆる面において、妥当な判断をしているのは御城たちのほうだ。

しかし、残念だ。そう幽鬼は思った。

「じゃあ私が一人で行くよ」幽鬼は言った。

「それなら、私の勝手でしょう？」

「いいえ。勝手ではありませんわ」御城が突っかかってきた。「幽鬼さん。あなたは、わたくしをリーダーと認めると言ったはずです。スタンドプレーに走られては困りますわ。どうしても行きたいというのでしたら――」

御城は、幽鬼に右手を差し出してきた。

「あなたのライトを、わたくしたちに渡してからにしてくださいまし」

幽鬼は、自分の手に握られたそれに目をやった。

懐中電灯。このゲームにおける生命線であり、幽鬼たちが一丸となって行動しなければならない、最大の理由。さっき言葉を照らすのに数十秒使っただけであり、ほとんど丸々、電池は残っている。

が、「わかったよ」と幽鬼は言って、それを投げるように渡した。

「これで文句ないな」

御城は、その非常識な行動に目を丸くしたものの、すぐに取り直し、手渡されたそのライトを一瞬だけ点灯させた。電池を抜いていないことを確認するためだ。

「……確かに」と御城は言った。「残念ですわ」と、さらに言った。

「少し、あなたへの評価を改めようと思っていたところですのに」

「こっちこそ残念だよ」

去り際に幽鬼は言った。

「みんな、このゲームをまったく理解していない」

（9／30）

御城たちと別れ、幽鬼は暗闇を進んだ。トラップの予見には自信ありの彼女だったが、完全な闇でそれを行うのはさすがに困難だった。道を迂回し、言葉のもとに駆けつけるまで、二回、トラップを踏んだ。そのうちの一回は言葉(コトハ)がやられたのと同じ、地雷。近くにいい大きさの瓦礫(がれき)があったので、それをのっけて回避した。もう一回は爆弾本体が地上に露出しているタイプで、ワイヤーを切ると作動するものだった。爆発までに猶予時間がある設定だったので、近くの部屋に飛び込んでことなきを得た。

言葉(コトハ)を発見するのにさほど時間はかからなかった。御城(ミシロ)チームがしていたように、のろのろとは歩かなかったからだ。集団で歩くより一人で歩いたほうが早い。個人であることの数少ない利点だった。

幽鬼(ユウキ)は言葉(コトハ)に駆け寄った。さっきと変わらず、うつ伏せの体勢だった。その両脚が吹き飛んでいるのも変わらずだった。ばらばらに吹っ飛んだのではなく、ただ千切れただけということはないかなと思い、幽鬼(ユウキ)は周囲を捜索したのだが、見つからなかった。あるのは白いもこもこばかり。言葉(コトハ)の両脚が元通りになる可能性は、残念ながら、ないだろう。

言葉(コトハ)の持っていたライトを幽鬼(ユウキ)は回収した。スイッチを入れ、その無事を確かめたところ、彼女のかけていた眼鏡が近くに落ちているのを発見できた。片方のレンズがひび割れ、フレームもちょっと曲がってはいたが、問題なく使えそうだった。爆発に巻き込まれたにしては奇跡的なぐらいの状態だ。眼鏡っ子に眼鏡がないというのは、両脚が存在していないのよりもよっぽど致命的である。幽鬼(ユウキ)はそれをかけ直させるため、うつ伏せになっている言葉(コトハ)を仰向(あおむ)けにひっくり返した。

すると、言葉(コトハ)の両目は開いていた。

「あ。……幽鬼、さん」

言葉は、呂律の怪しいところではあったが、そう言った。

意識があるのだ。しかも発声すらできていた。「ここがどこか、わかる？」と幽鬼は聞いた。

「ゲームの舞台で、廃ビル……」

「自分の名前は？」

「琴乃詩織……」

「プレイヤーネームのほうで頼むよ」

「……言葉です」

「記憶はある？　自分がどうなって、今こんなことになってるのか」

「地雷、を踏んで……ロープを引っ掛けて……」

問題なさそうだった。両脚がなくなっているのはもちろん大問題だが、その生命、脳機能までは損なわれていないようだった。

幽鬼は言葉から視線を外した。その代わり視界に据えたのは、彼女の背負っていたバックパックだった。言葉と同じで原形こそとどめていたが、修復不可能な大穴が空いており、中身が盛大にこぼれている。あれは置いていくしかないな、と思いつつ、幽鬼は中身の物色を始めた。

「なんで、来たんですか……？」と、その最中、言葉が言ってきた。

「点数稼ぎさ」

幽鬼は答えた。言葉のバックパックを物色し、自分のものへと移し替えていく。〈点数稼ぎ〉と口にした、ちょうどそのとき手に持っていたものを、幽鬼は言葉に見せびらかした。

それは、用途不明の白い紙だった。

「好感度は大事だからね、このゲームでは」

「……そういうこと……ですか」

言葉は言った。さすが言葉、と幽鬼は思った。図書委員のような雰囲気のある、教養豊かそうな娘さん。このゲームの仕組みをちゃんと理解しているようだった。

幽鬼は自分のバックパックを前に回した。後ろには、言葉を背負った。「軽いね、言葉さん」と幽鬼は言った。

「体重何キロなの？」

「この前量ったときは、四十五でした……」

「じゃあ、今は三十キロぐらいかな」幽鬼は笑った。

「……笑えないです」言葉は幽鬼の胸元をぎゅっと締めつけた。


（10／30）

　引き続き暗闇の中を幽鬼は進んだ。自分以外の足音は聞こえなかった。御城たちがすでに二階に降りたということだろう。幽鬼は、人が通った形跡のある通路を探して、御城たちの歩いたルートをなぞるようにして進んだ。

　角を折れて、幽鬼は、道の先に懐中電灯を向けた。

　ぱっ、と一瞬だけ照らした。

　罠がないことを確認した。目に焼き付けた景色を頼りに、廃材をかわしながら進む。

「……すごいですね、幽鬼さん」と言葉が言ってきた。

「え？」

「そんな一瞬で、罠がないってわかるものなんですか……？」

　言葉と合流してから、ずっとこんな調子だった。ライトを点けっぱなしにするのではなく、一瞬だけ道を照らして、安全確認をする。電池を節約するための方策だった。

「うん。まあね」と幽鬼は答える。

「トラップを見抜くのは、なんといっても直感だからさ。一瞬だけ見えれば十分なんだよ。もちろん、ずっと点けていたほうが十全ではあるけど」

　さらにいえば、御城たちの足跡を追っているからというのもあった。一度人が通った道なら、そこにもう罠はないと考えていい。

「本当に十回目だったんですね、幽鬼さん」言葉が言った。

「信じてなかったんだな」

「すいません。正直……」

「……まあ、かなり久しぶりのゲームだし、そう見えなくても無理ないよ」

幽鬼は左手を握り開きした。少しずつ勘は戻ってきたものの、本調子かと聞かれれば、まだ怪しい。

「どうしてゲームに復帰なさったんですか？」

「いや、別に、一度引退したってことではなくてさ。前回のゲームでちょっと宗旨替えをして、自分の生き方というかなんというか、いろいろ見直してたんだよ。それで間が空いたってだけのことで」

「前回のゲーム……それって、いつのことですか？」

けっこうぐいぐい踏み込んでくるな、と幽鬼は思った。内向的な娘さんに見えたのだが。図書委員だから、知識欲旺盛なのかもしれない。

「そうだな、確か三ヶ月前ぐらいかな……」

「あ……ということは、〈キャンドルウッズ〉よりも前の人なんですね」

幽鬼は驚いた。「〈キャンドルウッズ〉を知ってるの？」

「エージェントの人から聞きました。プレイヤー数が激減してしまったとか……。だから早く補充したい、ということで、私はスカウトされたんですけど」

幽鬼の推察通り、言葉は〈キャンドルウッズ〉以後のプレイヤーらしい。「御城とか智恵とか、ほかの人もそうなのかな」と幽鬼は聞いてみた。

「はい。全員、少し前のゲームで知り合いました。プレイヤー数三十人ぐらいで、全員一回目だったんですけど……そのときに、グループを組んだんです」

幽鬼の知る限り、初心者はただ一人でなく、何人か固められてゲームに参加することが多い。一回目のプレイヤーとそれ以外では実力の開きが大きすぎるので、ゲームバランスを考えての処置だ。〈キャンドルウッズ〉後に補充されたプレイヤーには、一堂に会する機会があったわけだ。幽鬼以外の全員がグループ化しているのも納得である。

幽鬼は前方に意識を向けた。三階の暗闇は、まだまだ続いている。今度は自分が聞く側に回ろう、と思い、「ゲームは五回目なんだってね」と幽鬼は言った。

「はい」

「言葉みたいな真面目そうな娘が、なんでこんなゲームに出てるの？　なんか、借金とかあったりするの？」

このゲームがプレイヤーに与える最もわかりやすい報酬。それは金だ。一回のゲームにつき、個人差はあれど、数百万のマネーが転がり込んでくる。資格も経歴も国籍も問わず、せいぜい数日の稼働で得られる金額としては、じつに破格だ。とはいえ、プレイヤーがこのゲームに求めるものはそれだけではないと、幽鬼はよく知っていた。

言葉はためらいがちに、「……えっと……」と言った。

「答えにくいことなら、別にいいよ」

「あ、いえ……そうじゃないんですけど……」

　言葉は、意を決するように息を吸い込んで、言った。

「……アーリーリタイアしたくて……」

「………」

　……うーん、現実的だ。言葉を背中にのっけているのにもかかわらず、幽鬼は肩をすくめた。

「世捨て人になりたいんです。だって、なんだか最近、みんな頭が変になってるじゃないですか。冷笑主義。マキャベリズム。公正世界仮説。まるで集団ヒステリーですよ。ああいう人たちの中で生きていたくはありません。だからさっさとお金を貯めて、物価の安い国に逃げて隠居するんです」

　半分になってしまった言葉の体を幽鬼は思う。「今回の賞金で、足りそう？」

「つつましく暮らすか、別の方法を考えないといけないかもしれません……」

　苦笑いをしていいものかどうか、判断がつかなかった。幽鬼は「ああ……」と曖昧な声を出した。

「幽鬼さんこそ、どうして、なんですか？」言葉が聞いてきた。「答えにくいことでしたら、その……構いませんけど」

「私はね、連勝記録のため」幽鬼は答える。

「このゲームに九十九連勝する。それを目標にやってる」

「九十九……ですか？　百じゃなくて、九十九？」

「どうも、今までの最高記録が九十八連勝らしくてね。だからとりあえずは九十九連勝。きりがいいから百連勝もしてみたいけれど、でもまあ、命懸けだしね。出るかどうかは検討中」

「……すごい目標ですね」言葉(コトハ)は言った。「新記録を立てたら、なにかあるんですか？」

「いいや、なにも。ただ新記録というだけ。トロフィーとかもらえるのかもしれないけど、少なくとも私は知らないな。そもそも九十八連勝が最大っていう情報も怪しいしね。私が直接会ったプレイヤーだと、九十五連勝が最大だったよ」

言葉(コトハ)は沈黙した。困惑しているのが、背中越しに伝わってきた。彼女の抱えている疑問を読み取ることはたやすかった。

――なにが楽しくてそんな記録を目指してるんです？

その質問に対する確かな答えを幽鬼(ユウキ)は持たなかった。〈キャンドルウッズ〉。あのゲームが彼女に与えたものを語るのは、幽鬼の言語能力ではおぼつかないところだった。

「なんだろうな……まあ」

悩んだ末、結局、幽鬼(ユウキ)は次のように言った。

「目標が欲しかったんだよ。なんでもいいから」

「はあ……」

言葉(コトハ)は、微妙な反応をした。

幽鬼(ユウキ)の唇の端が曲がった。

師匠はこんな気持ちだったんだなあ、と、しみじみ思う。

雑談しているうちに二階への階段を見つけた。幽鬼（ユウキ）は、踊り場までの道を一瞬だけ照らし、階段を降りた。踊り場にて体を百八十度転換し、再度、その先を照らした。

「えっ……？」言葉（コトハ）が言った。

「なんだこりゃ」幽鬼（ユウキ）が続いた。

階段は、そこで途切れていた。

（11／30）

階段が終わったのではない。途切れていた。三階から二階へ至る階段、踊り場の先に存在しているはずの階段の後ろ半分が、すっぽりと抜け落ちていた。二階の床が、飛び降りるのにやや躊躇（ちゆうちよ）するぐらい、下方にあった。

「……なんだこりゃ」

下を眺めて、幽鬼（ユウキ）はことばを繰り返した。

「落とし穴……なのかな。変則的な」

「〈一方通行〉ということかもしれません」言葉（コトハ）が言った。「二階に降りたら、もう上には戻れない。そういう意味じゃないでしょうか」

「きな臭くなってきたな……」

幽鬼はもう一度ライトを点けた。地面までの距離を目算した。

「降りるしかないか。ちょっと揺れるけど、勘弁してね」

「はい」

幽鬼は前に出た。そのまま二階に落下——するのではなく、片手で踊り場の端につかまった。自分の身長分の位置エネルギーを浮かせるためだ。一旦勢いを殺したところで手を離し、今度こそ落下。膝をうまく使い、全身に衝撃を分散させて着地した。言葉にもその一部を引き受けてもらった。

幽鬼は辺りを見渡す。あいもかわらず二階は真っ暗だった。ライトを点けながら進んだなら、ちょうど電池切れに陥ってしまう階層。この階の罠は、致命傷に至るレベルのものだというのが幽鬼の読みだった。十回目の幽鬼といえど、その事実を前にして、緊張しないではいられない。

とはいっても、やることは今まで通りだった。一瞬だけ道を照らして、安全確認。幽鬼と言葉は二階へ侵攻を開始した。

「足音がしないな」歩きながら幽鬼が言った。

「私たち以外の足音がない。決まりきった言い方だけど、不気味なぐらい静かだ」

「ずっと真っ暗なままなのも気になりますね」言葉も言った。「これだけ暗いんですから、御城さんたちが明かりを点けたなら、フロアのどこからでも気配をうかがえるはずです。それもないということは……」

「すでに一階に降りたか、あるいは、電池切れになって立ち往生しているか、だな」

「あの……幽鬼さん。後者だった場合の話なんですけど……」

「うん」

「御城さんたちと合流するより先に、一階の階段を見つけたら、どうしますか？」

「降りるよ」即答だった。「だって後者かどうかなんてわかんないし。もう一階に降りてるのかもしれないのに、わざわざ探しには行かないな」

「そのまま、合流することなく、出口にたどり着いたとしたら？」

「……どうしようかな？　その場合。出口付近がどうなってるかまだわかんないしな……今のところはなんともいえないね」

「そうですか……」

それを最後に、言葉は黙った。

できることなら、御城たちも助けてやってほしいと、言葉は言いたいのだろう。健気なことだ。彼女たちといえば、あっさり言葉を見捨てたというのに。

「まあ、助けられるタイミングが来たら、助けるよ」

耳触りのいいことを幽鬼は言ってみた。「そう、ですよね」と言葉は言ったが、彼女を安心させられたのか、それだけではわからなかった。

曲がり角を折れた。幽鬼は道の先を照らした。安全であることが読み取れたので、先に進んだ。

それにしても、全然罠（わな）に遭遇しないな、と幽鬼（ユウキ）は思った。

今のところ、選んだ道はすべて安全だった。二階に降りたときの緊張感が嘘（うそ）のようだ。たまたま安全地帯を進んでいるだけなのか。一階が危険であるという幽鬼（ユウキ）の読みが外れているのか。それとも、幽鬼（ユウキ）の危険察知能力が、ここにきて異常をきたしているのか。周囲に張り巡らせていた警戒の量を減らし、その分の注意を思考へと向け始めたちょうどそのとき、

背中に、寒気を覚えた。

幽鬼（ユウキ）の足が、一瞬だけ止まった。

（12／30）

一瞬が過ぎて、また歩き出した。ほんの一瞬のことだった。普通に歩いていただけのように傍目（はため）には――といっても暗闇で見えないのだが――とにかく思えたことだろう。後ろに乗っけていた言葉（コトハ）すらも、その変化には気づかなかったに違いない。

しかし、幽鬼（ユウキ）の意識としては、確かに一瞬止まった。

止めさせられたのだ。

背中に浴びせられた、稲妻のような〈殺気〉に。

幽鬼（ユウキ）は、自分の胸元に回されている言葉（コトハ）の両腕を引き、彼女をさらに引き寄せた。互いのほおとほおが、くっつく距離にまで接近した。専門用語ではこういうのをルミナスという。

声を殺しつつ、幽鬼（ユウキ）は言葉（コトハ）に伝えた。

「後ろに誰かいる」

「え、……」

とまどう言葉（コトハ）の腕をまた引いた。今度は〈声を抑えろ〉の合図だった。うまく伝わったようで、言葉（コトハ）は口をつぐんだ。後ろを振り向くなんていう間抜けな動作も、もちろんしなかった。

「なんていうか、〈殺気〉がした。誰か、私たちを狙ってる」

表面上は、今までと同じように歩みを進めつつ、幽鬼（ユウキ）は言う。

「殺気って……そんなの本当にあるんですか」

「さあ。でも、感じたものは感じたんだ。〈気配〉と置き換えてもらってもかまわないけど」

口ではそう言ったものの、幽鬼（ユウキ）の実感としては、単なる〈気配〉ではなく〈殺気〉だった。ただそこにいるだけではない、相手の生命を奪ってやろうという意志を、併せて感じた。ぱっと一瞬見ただけでトラップの有無を見抜く幽鬼（ユウキ）であるが、その能力に比べて、人の気配――ひいては殺気――を読み取る能力に、優れているという自負はなかった。幽鬼（ユウキ）

でさえもわかるぐらいに明らかな殺気だったのか、それとも——三ヶ月前、世界一といってもいい殺気を浴びせられたものだから、それを読み取る感覚が〈啓（ひら）いた〉のだろうか。

「足音は聞こえませんけど……」

「聞こえない距離をキープしてるんだろうね。だから、今、すぐに後ろを照らしても、たぶん姿は見えない」

「誰、なんですか」

「それが問題だ。御城（ミシロ）たちの中に、こんな尾行テクニック使える人っているの？」

「いや……いないと思います」

「じゃあそれ以外だな」

まず思いつくのは、例の〈六人目〉である。幽鬼（ユウキ）たちが目覚める前に死んだはずの彼女が、じつは死んでなかったというわけだ。しかし、彼女の死亡はしっかり確認したのだし、仮に生きていたとして、ライトなしでここまで降りてこられるとは思えない。五階の部屋数、電池の総量のことから、七人目八人目の存在は考えにくい。

となると可能性はひとつ。

「この二階に潜んでいる——致命傷に至る罠（わな）だ」

「……〈生物〉……ということですか」

人の力ではとても太刀打ちできない化け物。そいつに見つかったら、なにをやっても助からない。そうした〈超存在〉を題材に選んだホラーは数多い。そういうものがこのゲームに現れるのはなんら不思議なことではないが、しかし、十回目の幽鬼といえども、相対するのは初めてのことだった。

階段が途切れていたのはそれでか、と幽鬼は納得する。あれは〈落とし穴〉でも〈一方通行〉でもなく、〈檻〉なのだ。この部屋にいるなにかを、二階から上に移動させないための仕組み。

「ど……どうするんですか？　そんなのに狙われてるってことは、私たち……」

「落ち着いて。とりあえず……距離を取ってくれてるわけだし、今のところは安全さ。襲いかかるタイミングを計ってんだろうね」

幽鬼は考える。幽鬼らを尾行しているのだから、相手には一定の知性が認められる。殺気を飛ばしている以上、最終目的が幽鬼たちの殺害にあるのは間違いないが、今このタイミングでやるのは不適当であると判断している。なにを待っているのだろう、とさらに考える。幽鬼たちが歩き疲れるのを待っているのか、廃材が多くて逃げにくい道に差し掛かるのを待っているのか。二階にはこの〈生物〉以外にも罠があり、それに引っかかってダメージを受けるのを待っているのか。

それとも——。

「御姿拝見してみよう」

幽鬼は言った。言葉に返事はなかった。消極的賛成を意味しているものと勝手に解釈し、幽鬼は実行に移った。

必要なのは、長い廊下だ。〈そいつ〉の空けている距離よりも長い廊下、ただひとつ。幽鬼（ユウキ）は分岐路に差し掛かるたび、すべての道を照らしてそれを探した。電池は多少もったいないが、〈それ〉の姿を確認するということの必要性と、好奇心とが勝った。無事見つけられたその廊下を何食わぬ顔で幽鬼（ユウキ）は進み、それの終わるタイミングで、背中に引っ付けた言葉（コトハ）を振り落としかねないほどの俊敏さで振り向いた。

そして、〈それ〉にライトを照射した。

け・だ・も・のがいた。

（13／30）

四足歩行だった。

イヌ科に見えた。

全身のフォルムからすると、イヌというよりオオカミに見えた。が、幽鬼（ユウキ）の知るオオカミよりサイズは一回り大きく、また、数も一頭のみだった。闇夜で染めてきたかのような真っ黒な毛並みをしている。濃淡はほとんどなく、瞳の色さえも黒かったので、あたかも影絵のような印象を与えた。黒くない箇所といえば、その瞳の周りに少しだけ見える白目と、足の先のほんのわずかな領域と、鼻の下で剥（む）き出（だ）しにされた歯だけだった。

その歯はすでに、獲物をとらえていた。幾度となくかじられたのだろう、破損が大きく、表面のほとんどが白いもこもこに覆われていたが、しかしそれに覆われているがゆえ、正体を理解することは幽鬼（ユウキ）たちには造作もなかった。

人間の腕だった。

誰のだ、と思ったのと同時、〈それ〉は動き出した。

じり、と幽鬼（ユウキ）は後ろに下がった。

幽鬼（ユウキ）が下がったということは、その獣は前に出たのである。こうして幽鬼（ユウキ）たちに発見され、不意を打つ機会を逸していながらも、戦意までは失ってなかった。ゆっくりと、一歩一歩、見せつけるように迫ってくる。

じりじりと後退させられながら、「なんだよあれ」と幽鬼（ユウキ）は言った。

「……けだもの、に見えますね」

言葉（コトハ）は言った。幽鬼（ユウキ）にもそう見えた。少なくとも人間には見えなかった。御城（ミシロ）、智恵（チエ）、毛糸（ケイト）、そのうち誰かの変装した姿にも見えなかった。

幽鬼（ユウキ）は自分の両腕と、言葉（コトハ）の両腕にそれぞれ目を向けた。獣のくわえているあの〈腕〉が、自分たちのものでないことを確認するためだ。都合四本、しっかりついているのを確認して、「誰の腕かわかる、あれ？」と前方の白いもこもこに目を向けた。

「いや……あんなに損壊していては、なんとも」

「まさかゲーム前に与えられたおやつじゃないよな。……誰かやられたんだ」

「腕一本で済んでいればいいですけど……」

オオカミが上がってくる。幽鬼(ユウキ)たちは下がる。

「人喰(ひとく)いオオカミなんて本当にいるもんなの……？　……いや、目の前にいるんだからいるんだろうけど……」

「運営が特別に調教したんじゃないでしょうか。〈ジェヴォーダンの獣〉を連想します」

「なにそれ」

「人喰いオオカミの伝説です。体が黒くて大きくて、百人以上の人間を食べたそうです。たぶん、それに似せて、普通のオオカミを調教したのではないかと」

「冗談じゃないな……」

下がりに下がって、幽鬼(ユウキ)たちは曲がり角に突き当たった。このまま廊下を曲がることもできなくはないが、それには、安全を確認するため、この獣に向けているライトを一瞬だけ離し、曲がり角の先に向けないといけない。そして、この状況下において、その〈一瞬〉というのは高すぎる買い物だった。

結果として、幽鬼(ユウキ)たちは、その場で立ち止まる。

「〈ジェヴォーダンの獣〉っていうのは、一匹しかいないの？」

「一匹とされることが多いですけど、でも、断定するのは危険かと……」

「光に弱いなんていう性質もあったりする？」

「いいえ、そんな話は聞きませんが……でも、このゲームの性質からして、たぶん……」

言葉（コトハ）が言った、まさにそのときだった。

ぴたり、と獣が前進を止めた。あたかもそこに見えない壁があるかのように、左に、右に、とうろうろし始めた。

やはりか、と幽鬼（ユウキ）は思った。

この獣は、光に弱いのだ。ゲームの性質を考えれば、それが自然である。常にフロアを照らしつつ進んでいれば襲われることはない。しかし、——御城（ミシロ）チームがしていたように——後先考えずに電池を使ってしまっていたら、ここでこいつに狩られてしまう。そういう想定の罠（わな）なのだ。

幽鬼（ユウキ）の努力の甲斐（かい）あって、ここまで電池を確保することはできていた。しかし——。

「……まずいよな、そろそろ」

幽鬼（ユウキ）はライトに目を落とした。

その光は、最初のころよりだいぶ心許（こころもと）なかった。ライトを引いて確認したところ、光の発生源である電球までもがはっきりと見えた。電池が切れかけているのだ。このライトは三階の途中で言葉（コトハ）からもらったものである。電池の残量は、その時点でほとんどなかった。肝心なところで切れてんじゃねえよと責めるのはお門違い、むしろここまでよくもったほうだといえよう。

しかし、なんにせよ、切れるものは切れるのだ。

その事実をおそらく、目の前の獣は理解しているのだろう。だから逃げないのだ。光がなくなったとき、やつがどういう行動に出るか。考えるまでもないことだった。

幽鬼は、前に抱えていたバックパックから、ナイフを取り出した。ごついサバイバルナイフである。片手を器用に操ってカバーを取り外し、その刀身を獣、および言葉に見せつけた。

「戦うんですか」言葉が聞いてきた。

「やむをえない」

「この状態で、ですか」

幽鬼の状態について概略。前にバックパックを抱え、後ろには言葉を背負っている。

「降ろそうか？」幽鬼は唇を曲げた。

「勘弁してください……」

言葉は幽鬼をぎゅっと抱きしめた。役得だな、と思った。

この際バックパックも持ったままやるか、と幽鬼は考えた。胸当ての代わりである。狩られるだけの羊じゃねえぞということをアピールするため、幽鬼は前に出た。ライトの放つ光も前に出るわけだから、獣のほうとしては、一歩後ろに下がらざるをえない。続けて二歩、三歩、と前に進み、幽鬼は己の位置をさっきのところにまで戻した。

それと同時、だった。

ライトは完全に沈黙した。

辺りが暗闇で満ちた。

が、廊下の景色は、床の染みひとつの位置に至るまで幽鬼(ユウキ)の脳裏に焼き付いていた。視界をなくしたことによるディスアドバンテージはなく、どころかほかの感覚を鋭敏にする効果をもたらした。自分の心臓の鼓動のみならず、背負っている言葉(コトハ)の脈拍、息遣い、その柔肌(やわはだ)に汗が滲(にじ)んでいることすら感じることができた。

その超感覚の網に、獣がかかることは、なかった。

（14／30）

気配が失(う)せた。

殺気も消えた。

だからといって、やつがいなくなったのだと考えられるほどに、幽鬼(ユウキ)は甘くない。しかし体は正直なもので、ナイフを持つ手の力は緩み、低く保っていた姿勢は元に戻り、安堵(あんど)を表す息すら吐いてしまった。そうした気配が言葉(コトハ)にも伝わったのだろう、幽鬼(ユウキ)の胸元を締めつけていた言葉(コトハ)の両腕が、緩んだ。

「行ったか」

幽鬼(ユウキ)は、まだ不確かであるそれを、願うように言った。

「行ったな」

「行きましたか」言葉(コトハ)が言った。

「真正面から構えられて、武器もあるからね。条件がよくないと思ったんだろう」

足音を幽鬼は聞いていた。獣との距離を考えれば信じられないほど静かではあったが、確かに、遠のいていく足音が聞こえた。それでもナイフを手放す気にはなれなかったが、さしあたり、危機は去ったと考えてもいいだろう。

「私たちも行こう」

幽鬼は懐中電灯のスイッチを一度切って、また入れた。明かりは点かなかった。無用になったそれをそこいらに捨てて、幽鬼は歩き出した。

「大丈夫ですか、暗いままで」

「大丈夫じゃないけど、ないものはしょうがないよ」

二階の罠があの〈獣〉であると判明した以上、おそらく、例の〈落とし穴〉や〈地雷〉のような、設置型の罠はないと考えていい。そういう意味でいえば、たとえ明かりがなくとも安全を損なうことはない。が、幽鬼がこれまで廊下を照らしてきたのは、罠を回避するためだけではない。廊下の至るところに転がっている廃材——武器として使用できるぐらい尖ったものもある——にて、足を切らないようにするためでもあった。ゲーム以前の問題として、廃墟探索に明かりは必須である。

が、そんなことを言ってもないものねだりだ。せめて足元に注意を払いながら、「生きてるかな、みんな」と幽鬼は言った。

「生きててほしい、ですけど……」

獣の口にくわえられていた腕が、幽鬼の脳裏に浮かぶ。見えたのは腕一本だけだが、果たしてあれで済んでいるものか。

「相手がオオカミってことは、こうしてしゃべってるだけでも位置は筒抜けか。足音だけでも……いや、静かにしてても匂いで特定されるな」

「明かりがあれば襲われないみたいですけど、でも、真っ暗ですし……」

これだけ暗い空間なのだから、明かりを灯す者があったとすれば、その光は幽鬼たちにも感知できるはずである。それがないということは、御城たちは明かりを持っていないのだ。

以上のことから考える、彼女らの生存率は――。

「――まあ、まだわかんないね」

幽鬼はそらっとぼけた。

「実際に証拠を見てから、悲しむなりなんなりすればいいさ。気楽に行こう」

「そう……です、よね」

耳心地のいいことばだった。言葉を安心させるための方便だった。だが、幽鬼の本音を含んでもいた。なんでもネガティブに考えるのがこのゲームに生き残る秘訣だが、それはただ悲観主義になればいいという話ではない。誰かの腕が一本千切られていた。オオカミは聴覚嗅覚に優れている。事実はそれだけだ。現実主義と悲観主義は違う、と幽鬼は思っている。現実を見るということは事実を見ることであり、ポジティブに振る舞うことでもなければネガティブに振る舞うことでもない。そう思う。

それに、実際、その悲観的予想は外れたのだ。

行動を再開して、しばらく。

廃材の山を横切ったそのとき、なにかが幽鬼の足に触った。

「……!!」

幽鬼は、触られたほうの足を横に振った。

山を蹴っ飛ばす格好になった。どんがらがらと音がして、崩れた。暗闇ゆえなにがどうなったのかは見えなかったが、手ごたえがあった。幽鬼の足に触った〈犯人〉を、おそらく、吹っ飛ばすことに成功した。

「な……なんですか？」

言葉が聞いてくる。「なにかいた」と幽鬼は答えた。

「たぶん、生物だ」

膝のあたりを触られた。皮膚の感触と、体温とを感じた。何者かが廃材の山に隠れていたのだ。〈ジェヴォーダンの獣〉が隠れられるサイズではなかったはずだが、まさか子供か。それともまた別の獣がこのフロアにはいるのか。

幽鬼は、前方に吹っ飛んだ〈それ〉に近づく。

「待った待った！　幽鬼さん」

そこでまたしても、幽鬼の足に触れる者があった。

今度は事前に声があったので、足が出ることはなかった。足元に顔を向けた。そこにあったものは――。

「……毛糸？」

ひょろりとした体つきの娘さん、毛糸だった。

幽鬼は前方に視線を戻した。すると、さっき幽鬼が蹴り飛ばしたのは――。

「……ひどいですよー、幽鬼さん」

廃材の中から、智恵が這い出てきた。

御城チーム、二人の生存者だった。


（15／30）


幽鬼は足を止めなかった。〈ジェヴォーダンの獣〉が、いつまた襲いかかってくるかわからなかったからだ。一階への階段を一刻も早く見つけておきたかった。そうした幽鬼に智恵と毛糸は勝手についてきた。「お元気そうでなによりです」と、毛糸のほうが言ってきた。

「そっちこそ、怪我はなさそうだね」

幽鬼は二人に目を向けた。廃材に隠れていたせいか、多少切り傷は作っているようだったが、無傷とみなしてもいいぐらいの状態だった。両名の両腕も、しっかりくっついていた。

ということは、獣のくわえていたあの腕は――。

「御城はどこ行ったの？」

いちばん気になることを幽鬼は聞いた。智恵と毛糸は気まずそうに目くばせしあった。

「はぐれました」と毛糸が言った。

「やみくもに逃げてるうちに……。消息不明です」

言葉と幽鬼が三階で離脱したあと、御城を先頭にして、彼女らはゲームを進めた。〈ジェヴォーダンの獣〉に遭遇したのは、二階に降りてすぐのことだったらしい。全員の懐中電灯が光を失ったのと同時、どこからともなく姿を現したのだそうだ。戦っても勝てないと悟った三人は、ばらばらの方向に逃亡。そのうち智恵と毛糸はのちに合流できたのだが、御城の消息はいまだ不明とのことだった。

「すると、あれは御城の腕か……」

幽鬼は鎌をかけてみた。「そうだと思います」と毛糸は答えた。

彼女の話に欠落があることがその反応からわかった。〈腕ってなんのことですか？〉〈腕が落ちてたんですか？〉ではなく、〈そうだと思います〉。御城の腕が食われうる状況にあったと知っているのだ。つまり、獣が御城の腕に噛みつくところを二人は見ていた。その上で、戦っても勝てないと判断してばらばらの方向に逃げたのだ。

見捨てた、ということである。

言葉を見捨てる判断をした御城。その彼女が今度は見捨てられる番になったわけだ。なんとも皮肉である。

「廃材の中にいたのは、あれか。例のけだものから隠れてたのかな」

「ええ。あんなやつ相手に、勝ち目はありませんからね」

「隠れてるだけ……で、大丈夫だったの？」言葉が聞いた。「匂いで見つからなかったの？」

「私たちも最初はそう思ってたんですけどねー。セーフみたいです、どうも」智恵が言った。「ほら、あれですよ、〈防腐処理〉。あれで私たち、匂いが消えてるんですよ」

「ああ……」

そういえばそんなのもあった。〈防腐処理〉。その効果により、幽鬼たちは体臭を持たない。熱帯のジャングルで一週間動き回ったとしても汗臭くなることはない。オオカミの嗅覚を前にしても、ちゃんと機能するものらしい。

「とはいえ、音を立てたら見つかってしまいますからね。やみくもに逃げたもんで道もわからず、身動き取れずでして。助かりましたよ、幽鬼さんに通りかかっていただけて」

毛糸が言った。やけにじっとりとした目で、幽鬼を見てきた。

「よろしければ、このまま同伴させていただきたいんですが、大丈夫でしょうか」

「私と一緒にいても、あの獣は襲ってくると思うけれど」

「真正面から撃退したんでしょう？　でしたら、もう襲っては来ませんよ。どちらが格上なのか、犬畜生にも理解できたことでしょうから」

そんなはずはない、と幽鬼は思う。あの獣はプレイヤーを殺すため調教されているはずなのだから。狙いやすい者から優先して狙いはするだろうが、最終的には幽鬼にも襲いかかってくるはずである。

毛糸もおそらく本気でそう考えているわけではなく、このことばは、幽鬼とともに行動したいがための方便なのだろう。獣が襲ってきたとき、代わりに戦ってくれるやつが欲しいのだ。強者におもねることを生き残り戦略とする、〈金魚の糞〉のプレイヤー。御城がいなくなって、今度は幽鬼を標的に定めた様子である。

「まあ、いいけど……」

幽鬼は言う。

「どうせ、あとちょっとのことだし」

「え？」

智恵と毛糸と、言葉の声までもが揃った。

やっぱり気づいてないのか、と思いながら、幽鬼はそれを口にした。「階段のすぐ近くだよ、ここ。あと一個か二個、角を曲がったら到着」

「……なんでわかるんですか？」

「空気の流れ方が違う。たぶん、一階には窓があるんだろうね。外の空気が、ほんのわずかにここまで届いてきてる」

「わかる……？　そんなの」

智恵が毛糸に聞いた。「いや……皆目」と彼女は答える。

幽鬼は黙って歩いた。二人も黙ってついてきた。角をひとつ曲がり、ふたつ曲がった。果たして――いつかのときとは違い、幽鬼は恥をかかずに済んだ。廊下の向かって右のほうに、立派な階段がしつらえられていた。

「……すごい」智恵が言った。

「さすがです」毛糸が言った。

「いや……このぐらい気づかないとまずいよ」

幽鬼は言った。〈獣〉の恐怖にあてられていたとはいえ、注意散漫すぎるのではないかと思う。先輩風を吹かすような発言だったが、しかし、言わずにはいられなかった。

階段に近づいたところ、奥からかすかに光が漏れているのが見えた。一階には電気も点いているのか、それとも窓明かりが差しているのか。なんにせよ、その光は智恵と毛糸を元気にさせたようであり、二人は、下校時の小学生ぐらいのあわただしさで階段を降り出した。

が、幽鬼だけは、階段の前で立ち止まった。

足音がふたつしかないことに気づいたのだろう、毛糸が振り返った。「……どうしたんです？」と、不思議そうな顔で言ってきた。

「まさか、この階段になにか罠が？」

「ん？　いや、そういうんじゃないけど」

幽鬼は毛糸と、その隣にいる智恵に目を向けた。言葉と合わせて、四人。この構成だと、最後に死ぬことになるのはおそらく——。

幽鬼の胸元に、締めつける力がはたらいた。言葉の両腕だった。立ち止まりのわけを悟っているのだろう彼女は、「行くんですか」と聞いてきた。

「……うん。行ったほうがいいだろうね」

幽鬼は答えた。このまま、流れるままに任せてはおけない。

「え、まさか。……御城を助けに行く、なんて言いませんよね……？」

そう言ったのは智恵だった。〈まさか〉とはひどいな、と幽鬼は笑った。

御城。高飛車なお嬢様にして、〈キャンドルウッズ〉以後のルーキーたちを取りまとめるリーダー。ゲームは今回で八回目であり、自分の立場をおびやかしかねない幽鬼に、たびたび突っかかってきた。

「そのまさかだよ」と幽鬼は答えた。

「生きてるかもしれないからね、まだ」

嘘だろ、という目を、智恵も毛糸もしていた。

たった一人取り残されたプレイヤーを助けに行く。言葉のときと概要は同じだが、しかし詳細が決定的に異なる。ただ離れたところに取り残された言葉とは違い、今回の場合は〈ジェヴォーダンの獣〉という、差し迫る脅威が存在しているのだ。

しかし幽鬼に迷いはなかった。後ろに背負っていた言葉を、智恵に差し出した。

「背負ってってもらえるかな。さすがに連れては行けないから」

「構いません、けど……」

智恵は言葉を受け取り、自分の後ろに回した。

「……なぜですか？　その……御城を助けたくなる要素、なかったと思うんですけど……」

またしてもひどい発言だった。幽鬼は苦笑して、答えた。

「点数稼ぎさ」


（16／30）


どうしてこうなった。

御城は、ひたすら考えていた。


（17／30）


暗闇だった。

小部屋の中だった。

御城は、隠れ家に潜んでいた。外見にはただ木屑が積み重なっているようだったが、中には、人一人が膝を抱えられるぐらいのスペースが空いていた。突貫工事で作ったものなのだが、それにしてはなかなかよくできていると御城(ミシロ)は自負していた。事実、あの獣はこれまでに二回この部屋に近づいてきていたが、同じ回数だけ素通りだった。御城(ミシロ)の安全は、当面のところ確保されたものと見ていいだろう。

しかし、いつまでもこのままではいられない。

破滅は今も、着実に迫っている。

「……ちくしょう」

御城(ミシロ)は言った。獣に聞かれぬよう、声を殺した。その罵倒がふるわせるのは、だから、御城(ミシロ)の頭蓋骨だけだった。

このゲームには〈制限時間〉がある。ビルのあちこちに置かれているタイマー、あれがゼロになったらおそらくゲームオーバーだ。一階に取り付けてある巨大爆弾でビルごと吹っ飛ばされるのか、それとも御城(ミシロ)の心臓に仕掛けられた殺人装置が作動するのか。過程はわからないが、御城(ミシロ)が処刑されるというその結果に疑いはあるまい。実際にはタイムアップを迎えることもないだろう。あの獣にだって脳はついているのだ、いずれはこの隠れ家を発見し、御城(ミシロ)の十代の肉体を隅々まで蹂躙(じゅうりん)することだろう。

今すぐにでもここを離れたいのはやまやまだった。だが、勝算がなかった。ここに逃げ隠れるまで遮二無二走ってきたので、道のりをまったく覚えていないのだ。どっちの方角からこのフロアに降りてきて、どちらの方角に階段があると思われるのか、全然わからない。適当に走って階段にたどり着こうなんてのは考えが甘い。こうして隠れてても状況がよくなるとは思えないし、体力と気力が残っているうちにいちかばちかトライすべきなのかもしれないが、その勇気が御城（ミシロ）にはなかった。できることといえば、こうして、文字通り一人で膝を抱えることだけだった。

　さらにいえば、それすらも、満足にできているとはいえない。

なぜなら彼女には、抱える腕が一本しかないからだった。彼女の右腕、その肘から先は、白いもこもこに覆われていた。この先に本来くっついているべきものは、今ごろは獣の腹の中に消えていることだろう。言葉（コトハ）の両脚が治らないのと同様、御城（ミシロ）の右腕が元通りになる可能性もないと考えていい。

「ちくしょう」と、御城（ミシロ）はまたもつぶやく。

　普段の優雅な態度は見る影もなかった。そんなもの、二階に降りてすぐに吹っ飛んだ。全員の電池がなくなり、あの獣が姿を現して、御城（ミシロ）の右腕に電光石火噛（か）みついてきた、それが落日の時だった。そのとき御城（ミシロ）があげた悲鳴のぶざまなことといったらなかった。智恵（チエ）と毛糸（ケイト）が彼女を見捨てて逃げ出すのも納得だ。

　御城（ミシロ）にとって幸いだったのは、彼女の右腕がわりと簡単に外れたということだ。それが意味するのは、御城（ミシロ）がひときわ情けない声をあげることになったということと、獣の追跡から一時的に逃れられたということだ。やつが右腕を食っている間に、カートゥーンアニメのようなあわただしさで御城（ミシロ）は逃げた。ほかに罠（わな）があるかもしれないなんて考えもせず、廃材であちこち切り傷を作ってワンピースをボロ布に変えて、コンクリートの床に壁に体をぶつけて、息を吸って吐くだけのことさえやがて難しくなって、

そして、暗闇に。

御城（ミシロ）の手元に残ったのは、この小さなスペースだけだった。

「……ちくしょう」

三度（みたび）、御城（ミシロ）はつぶやく。

もうどのぐらい、こうしているのかわからなかった。実時間としては大したものではないのだろう。せいぜい十分か、二十分か。しかし御城（ミシロ）には永遠とも思える時間だった。考える時間は——考えても仕方ないことを考える時間は——たっぷりとあった。

なぜだ。

なにがいけなかった。私はどこで間違えた？

まず思い浮かんだのは、あの憎たらしい女の顔だった。幽鬼（ユウキ）とかいう、なるほど幽霊のような顔をした、自称十回目のプレイヤー。あいつが悪いのだ、と御城（ミシロ）は思う。あいつがちょろちょろ余計なことを言わなければ運命は違った。電池を節約しろだって？　そんなことわかっていたさ。ひとつずつ懐中電灯を使おうとだから提案したではないか。わかっていたのだ。あの女が言いさえしなかったら、三階でライトを使わないよう言葉（コトハ）に指示できたはずだ。先にあいつが言い出したから無視せざるをえなくなった。そうだ。あいつにペースを乱されさえしなければ。

あいつが、十回目なんてこと言い出さなければ。

次に思い浮かんだのは、御城をこの世界に引き込んだ人間の顔だった。御城のエージェント。やつの誘い文句は今でも一字一句思い出せる——。〈ここなら、あなたの先をゆく人は誰もいません〉。〈あなたの望む地位を、私たちは提供いたします〉。そりゃそうだろう。こんなゲームやりたがるやつなんてそういないのだから、五回か十回かやれば簡単にトッププレイヤーになれる。スイカの種飛ばしでギネス記録を取るようなものだ。よく考えてみれば、別にすごい地位でもない。だが、当時の御城にとって、その誘い文句はとても魅力的に聞こえたのだった。簡単にトッププレイヤーになることができて、ハイソサエティーのみなさまを顧客とする業界。悪くない。

だのに、あんなやつがいるなんてエージェントからは聞いてなかった。これでは詐欺だ。やつの甘言に乗らなければ、こんなことには。

次に思い出したのは、自分の部屋を隅から隅まで破壊した夜のことだった。壊したのは、人生に壁を感じたからだった。壁を壊せないから自分の部屋を破壊したのだ。こんな時代に生まれ落ちてしまったことが人生最大の不幸だと御城は思う。なにやったって、自分の上をいっている人間がいるのだから。頂の数に比べて人間の数が多すぎる。私のような人間はこの時代にどうすればいいんだ。死んだらいいのか。妹が病院に緊急搬送されるまで愛用のラケットで殴ってやった。こんな性分でさえなければ、あるいは。

最後に行き着いたのは、母親の顔だった。自分の身長の倍以上の高さにあったそれを見上げて、御城は聞いた。ねえ。私の名前はなんで一美っていうの？　あの女は答えた。どんなささいなことでもいいから、いっとう抜きん出てほしいっていう願いを込めたのよ。ふざけるな。死ね。私に呪いをかけやがって。死ね！

死ぬのはお前だよ。

御城の心の冷たい部分が、彼女自身にそう言った。

「…………」

御城は、膝に頭をうずめた。

そのまま、意識も沈むままに任せた。眠っちまってもいいや、と思った。もう疲れた。もうどうでもいい。右腕がなくなった時点で、自尊心というのだろうか、なにがなんでも生き残らねばならないという信念を、御城は失っていた。壊れたからもういらない。目を閉じるや否や、強い疲労感がのぼってきた。自分で思っている以上に疲れていたらしい。それが手を引くままに任せて、御城は——

足音がした。

幻聴ではなかった。繰り返し聞こえた。こちらに近づいてきていた。

御城は、左腕を膝から離した。床に置いてあったナイフを手に取った。三階でバックパックをひっくり返したとき、これだけは持ってきていたのである。しかし、これを握ってなんになるというのか？　あの獣と、こんなもので互角に渡り合えるとでも思っているのか？　思ってない。このナイフは〈武器〉ではなく〈お守り〉だった。空手でいることが、不安でたまらなかったのだ。

だから、足音の主が部屋に入ってきても、御城はその場を動けなかった。

獣の襲撃を二回潜り抜けたこの優秀な隠れ家であるが、欠点もあった。のぞき穴がついていないのだ。相手が何者で、この隠れ家の存在に気づいているのかどうか、確認することができない。肘から上しかない右腕が御城の胸を叩いた。おとなしくしろ、と命じた。命令をあざ笑うかのように彼女の心拍数は上がり続けた。

隠れ家を吹き飛ばされたとき、御城は心臓が止まるかと思った。

いや。確かに一瞬止まった。時間の断裂する感覚が御城にはあった。それが終わったとき、目の前にあったのは、ハイキックをかました状態から姿勢を戻しつつある女が一人だけだった。

くだんの幽霊女、幽鬼だった。

（18／30）

案の定、廃材をめくったところに御城は隠れていた。「やあ」と幽鬼は声をかけた。

「元気そうだね」

御城は、呆けていた。

暗所で見ても明らかなぐらい、憔悴していた。こんな狭いところに隠れていたら、当然だろう。気つけにビンタでもしてやろうかと思ったのだが、幽鬼の手が上がるよりも先に、

「なぜ」と御城は言った。

「わかったんですの、ここが」

「女の勘だ」

いつかと同じことを幽鬼は言ってやった。

「いくらブランクが長いっつっても、犬畜生に負けるほど衰えたつもりはないよ」

「なんの用、ですの」

「用があるのはむしろそっちのほうじゃないの」

御城は黙った。「派手に音を立てちゃったね」と、幽鬼は廃材を足でつついた。

「今ごろきっと、例の獣は一目散ここに向かってきてるんだろうね。今度は右腕だけじゃない、御城の全身を食らい尽くすために」

「……あなたも……でしょう」

「いいや。私はセーフティだよ。だってもう、階段を見つけたからね。いつでも逃げられる」

御城の表情が変わった。

「もちろん道順も覚えてる。すでにもう、ほかの三人は一階に降りたよ。あとは御城と私だけだ」

「……階段を見つけたのに、引き返してきたんですの？」

「そういうことになる」

「わたくしを探しに……助けに来た、とでもいうんですの？」

幽鬼(ユウキ)はせせら笑った。

「まさか」

そう言った。

「わからせに来たのさ。このまま死なれたんじゃ、消化不良だからね。今のうちに認めてもらっとかないといけない。どちらが上でどちらが下なのか」

「は……？」

「ずいぶんいろいろ突っかかってくれたよね、御城(ミシロ)。何回あったか思い出せないから……一回でいいや。一言謝罪があれば、全部水に流そう」

幽鬼(ユウキ)は、鷹揚(おうよう)さを示すように両腕を広げた。

「生意気な態度とってごめんなさいって謝れたら、階段まで案内してあげる」


（19／30）


御城(ミシロ)は、ことばが出なかった。

「ん、どうしたの？　自明なことを認めるだけだよ。状況からして、どっちの能力が上かなんてことは一目瞭然だよね。御城が私にありもしない疑いをかけたことは明らかだよね。だから当然、御城の胸は今申し訳なさでいっぱいのはずで、それを心のまま声に出せばいいだけなんだけど」

御城の、ナイフを握る手がふるえた。

だが、ふるえるばかりで、意味のある行動には結びつかない。

「それとも、まだ格の違いがわからないとでもいうのかな。やだねえ。無能ってのは変に自信満々だから困るんだよな。自分に力がないってことに気づけないから、同じ失敗を死ぬまで繰り返す。遠巻きに見てる分には愉快だけど、隣人には持ちたくないね」

御城は、ことばが出なかった。

だが、心の中では、ひとつの単語を繰り返していた。

こいつ、こいつ、こいつ、こいつ――こいつ！

「なに黙ってんだよ。まさか獣がやってくるまで時間稼ぎする気か？　そうはいかないよ。あと十秒。それまでに言えなかったら、心苦しいが見限らせていただきますよ、おじょうさま」

そう言って幽鬼は、御城の前に両手のひらを突き出した。その指の数は、やつが設定した秒数と同じ、十。

右手の親指を幽鬼は折った。

右手の人差し指を幽鬼は折った。

七、六、五と、指の数が減っていく。そのさまを御城は、あたかも糸に吊られた五円玉にでもするように、じっと見つめた。

——言ってしまえ、という声が頭の中でした。

そうだ。認めるしかあるまい。客観的に見て、幽鬼のほうがプレイヤーとして優れているのは明らかなのだから。十回目なのもおそらく本当なのだから。御城は先輩に、生意気な態度をとってしまったのだ。その事実を認めないわけにはいかない。いや、なんなら認める必要さえもない。必要なのは謝罪することだけだ。心のない謝罪でも言うだけ言えばいいのだ。幽鬼はきっと、本当に御城を階段へ案内してくれるだろう。御城にマウントを取るためだけに、わざわざここまで来るとは考えにくいからだ。十回目の先輩として、御城を助けてやろうという気持ちはあるはずだ。

謝りさえすれば、御城の命は救われる。

だが、御城の口は頑として動かなかった。

なに止まってんだ、と思う。なに考えてるんだ。小学生の喧嘩じゃないんだぞ。こんな状況でつまらない意地張ってどうする。——意地？　違う。そんなんじゃあない。じゃあなんだというんだ。こんなにもやられにやられて、私の中になおも燃えているこの思いはいったいなんだ？

——悔しい。

そのことばをひらめいた途端、御城の目が開いた。歯車が噛み合い、彼女の全身が正常に動作を始めた。

そうだ。私は、悔しいのだ。負けを認めるのが悔しいのだ。こいつに降参して、命を永らえるのが許せないほど悔しいのだ。

「ふざけるな」

指が残り一本になったところで、御城は言った。

「ん。なに？」

「ふざけないでくださいまし!!」

（20／30）

反応できなかった。

〈キャンドルウッズ〉の生き残りでさえも、反応できなかった。

気づいたときには、幽鬼は突き飛ばされ、その場に尻餅をついていた。犯人である御城にろくなことばをかけることはできず、彼女が部屋を出て行くのを、ぽかんと見つめることしかできなかった。

「………………？」

幽鬼は、胸に手を当てた。

どきどきしていた。頭のほうも、同様の状態だった。

うまく回らない頭で幽鬼はそれでも考えた。なんだ。今、なにが起こった？　幽鬼は御城を発見した。すぐに助けてやってもよかったのだが、せっかくだから少しからかってやることにした。別に減るものでもないし、謝罪のことばがなかったとしても助けてやるつもりだったのだが、しかし御城は逆上した。予想外の事態に対応が遅れ、彼女が幽鬼を突き飛ばし、部屋を出て行くのを指をくわえて見ていた。それで――

それで、なぜかどきどきしている。

野太い足音が、遠くから聞こえてきた。

「……そうだ、行かなきゃ」

幽鬼は立つ。あの足音。〈ジェヴォーダンの獣〉のものだ。もうまもなくやつはここにやってくる。急がないといけないのは幽鬼も同じだった。すみやかに部屋を出て、御城の気配を探りながら走った。

走りながら、もう一度、胸に手を当てた。

どきどきしていた。

走っているからではなかった。予定外の出来事に苛立っているからでもなかった。むしろその逆だということが、走っているうちに幽鬼にはわかってきた。幽鬼は、御城に、好奇を抱いている。好感を抱いている。〈くださいまし〉か。いい啖呵だったなと思った。

彼女の心のいちばんやわらかい部分に触れ、そして、それに弾き返されたのだということが、確かに感じられた。

かわいいな、と思った。

死んでほしくないな。そうも思った。

幽鬼の超感覚がふたつの気配を同時にとらえた。ひとつは〈ジェヴォーダンの獣〉。もうひとつは御城のものだった。やみくもに廊下を走っているのだろうが、どうやら、彼女にもまだ生き残りの運があるようで、階段の方向へ一直線に進んでいた。が、その背後にむくつけき獣の牙は迫っていた。このままでは到底、間に合わなそうなタイミングだった。

幽鬼は角を曲がった。

御城の背中が見えた。

横道に、黒い影が見えた。丁字路をまっすぐ突っ切ろうとしていた。

幽鬼は全力でスパートをかけた。跳躍した。御城のそのひたむきな背中に――。

（21／30）

「……がっ!?」

御城の背中に衝撃が走った。

体勢を崩し、食らった勢いのままに廊下を転がった。暗闇の中で転がるということが、こうも人間の平衡感覚を狂わせるものなのかと新しい学びを得ながら、御城はなんとか回転を止めて体を起こした。全身のあちこちにできていた切り傷が、また痛み出した。

「気に入った！」

声がした。幽鬼のものだった。

「特別に助けてあげよう！　次の角を左に行って三つ目の角で右だ！　私が引きつけてるうちにとっととーー」

ことばが止んだ。なにかの倒れる音がした。

なにかの暴れる音がした。幽鬼が一人で暴れているのだろうか。いや。そうとは考えられない。どたばたの音の中に、人間の肺活量ではまず不可能なぐらい激しい、鼻息の音が混じっていたからだ。

二階の罠、人喰いの獣だ。

幽鬼が、えじきになったのだ。

数秒前まで、幽鬼のいたあの地点、あそこに立っていたのは御城だった。やつが御城を蹴り飛ばさなければ、獣の毒牙にかかっていたのは彼女のほうだっただろう。かばわれたのだ。しかも、階段の場所まで教えてくれた。恨み骨髄であるはずの御城に。さんざんとったきつい態度に、詫びを入れていないのにもかかわらず。

なぜだ、と思った。

罠なのか？　御城をはめようとしているのか？

考えられないことではなかった。しかし御城は、幽鬼の指示通り走った。次の角を左に。さらに三つ目の角を右に。信じるに足る根拠はなかった。だが信じた。御城に道を示した幽鬼の声が、これまでに聞いてきた誰のどんな声よりも、明朗快活なものに感じられたからだった。

（22／30）

足音が遠のくのが聞こえた。行ったか、と幽鬼は思った。獣の鼻息と、地面に押さえ込んでくる力とを、ひしひしと感じながら。

〈ジェヴォーダンの獣〉の牙が幽鬼の胴体をとらえていた。腹に横から噛み付かれた構図だ。が、幽鬼に焦りはなかった。むろん痛みはあったのだが、その痛みと苦痛の感情とが結びつくことはなく、それどころか、かえって幽鬼を冷静にさせた。それは、幽鬼が命の危機に瀕している証拠であり、幽鬼がいつもの調子を取り戻した証拠でもあった。よかった、と思う。今回のゲームはあまりにもぬるかったものだから、勘が戻っているのかどうか、確信が持てなかったのだ。今、このときをもって、幽鬼の復活は確認された。

すこぶる調子がよかったので、獣をしりぞけるためにナイフを後ろ手に構え、暗闇の中で正確に目玉を攻撃するその動きによどみはなかった。あんまり残虐な殺し方をしたら〈観客〉のみなさまからひんしゅくを買うかもしれないなと考える余裕さえ、幽鬼にはあった。人間が死ぬのは嬉しいけど動物がいたぶられるのは嫌だという手合いが、この世の中には一定数いるのだ。こんなゲームの〈観客〉には特に多い。殺人ゲームで動物愛護の精神を発揮するなんて線引きが無茶苦茶だと幽鬼は思うのだが、それが事実だった。金を出す立場であるところの〈観客〉に嫌われてしまっては、ゲームクリア後の賞金に影響が出るかもしれない。紳士的なプレイヤーを演じなければいけない。幽鬼の主義がどうだかなんてことは関係ない。しょせんこの世は、他人の望む姿を演じられるか否かであるということだ。

まったく、役者は辛いな。

そう思いながら、幽鬼はもう一方の手にもナイフを握った。御城からこっそりせしめたものだ。これにて、二刀流。

（23／30）

言葉たちは一階に降りた。

罠はなかった。暗闇でも、なかった。

（24／30）

　幽鬼（ユウキ）の推理した通り、一階には窓がついていた。鉄格子がはまっていて、言葉（コトハ）たちプレイヤーを通してはくれなそうだったが、光は通していた。時刻は早朝、窓からのぞく空の色はまだ群青だったが、光の量は十分だった。言葉（コトハ）、智恵（チエ）、毛糸（ケイト）の三人は、足元が不安になることもなく、足取りに迷うこともなく、一階を進むことができた。

「なんかもう、終わった感あるね」

　鉄格子越しの空を見つめて、智恵（チエ）が言った。

「油断は禁物かもしんないけどさー。峠は越したよね、絶対」

「うん……」

　智恵（チエ）におんぶされながら、言葉（コトハ）は答えた。

　言葉（コトハ）は後ろを見た。はるか後方に、毛糸（ケイト）がいた。一階は見るからに安全そうだったものの、そうと見せかけて罠があるかもしれないので、智恵（チエ）が先行しているのだった。五階と四階が毛糸（ケイト）、三階が言葉（コトハ）、二階が御城（ミシロ）で、一階が智恵（チエ）。幽鬼（ユウキ）以外の全員が、一回ずつ先頭を歩いたことになる。

　後方に、御城（ミシロ）や幽鬼（ユウキ）の姿は見えない。まだ追いついてきてないだけなのか、それとも、不幸があったのか。このまま三人で出口に到達したらどうなるだろう、と言葉（コトハ）は考える。その場合はおそらく——。

「いやー、それにしても」

　智恵（チエ）が言った。

「あの幽鬼って人、ずいぶんお人好しだよね。言葉もそうだけど、あれだけ喧嘩してた御城を助けに行くなんて……。命拾いしたねー、言葉」

幽鬼。幽霊のような見た目をした、十回目のプレイヤー。〈キャンドルウッズ〉以前のプレイヤー。このゲーム中、一貫して、彼女は他者を助けるために動いていた。

しかし、「そんなんじゃないよ」と、言葉は言った。

「怖い人だよ、あの人は。見た目よりもずっと」

「？　なんでそう思うの？」

「聞きたい？」

「聞きたい聞きたい」

言葉は、再度後ろを見た。後方を歩いている毛糸が見えた。彼女との距離が十分に開いているのを確認して、言葉は、声をひそめて言った。

「教えたら、ひとつ〈貸し〉にしてくれる？」

「え？」

不穏なものを感じ取ったのだろう。言葉に倣い、智恵は声を小さくした。「それ、どういう意味？」

「いいから、するって約束して。口だけでもいいから」

「……まあ、いいけど」

「あの紙、まだ持ってる？　智恵」

彼女がきょとんとしたのが、背中越しにも伝わってきた。「紙？」

「ハンカチぐらいの大きさの、白くて丈夫なやつ。バックパックの中にあったんだけど」

智恵（チエ）は自分のバックパックを探った。幽鬼（ユウキ）がしていたのと同じように、前に抱えていた。

「あー、あるね」と、白い紙を取り出して彼女は答えた。

「ユポ紙だよ、これ」

「……なんだっけそれ。名前は聞いたことあるんだけど……」

「選挙の投票用紙なんかに使う紙のことだよ。折り畳んでも箱の中で開くから、便利なやつ」

「へー……そうなんだ。選挙とか行ったことないから気づかなかったな。それで？」

「うん。気になることはもうひとつあって……このゲームの服装なんだけど」

言葉（コトハ）は智恵（チエ）を見た。彼女が着ているのは、夏の空によく映えそうな白いワンピースだった。廃材まみれのこのビルをずいぶん歩き回ったので、あちこち傷つき、外を出歩くにはいささか恥ずかしい状態になっている。

「なんで白ワンピなんだって思わなかった？　廃ビルと全然イメージ合わないのに」

「思わなくはなかったけど……別に、そういうこともあるんじゃないの？　じゃあ逆に、なんだったら廃ビルに合うんだって話でもあるし。なんか心当たりでもあるの？」

「ある。このワンピース、たぶん、キトンを模してるんだと思う」

「……今度は名前も聞いたことないなー……」

「古代ギリシャの一般的な服装だよ。リネンの大きな生地を、裁断せずに二つ折りにして作るんだ。チュニックの大元だから、ワンピースに形が似てる」

「へえ。でも、それがどうかしたの？」

「〈古代ギリシャ〉で、〈投票〉って言われて、思い当たるものはない？」

「特にないけど」

「…………」

言葉は黙った。まったく、最近の若者ってやつは、なんでもインターネットで検索すればいいと思って教養を軽視している。そう思った。

「じゃあさ、なんでこの階にだけ、罠がないんだと思う？」言葉はアプローチを変えた。

「え？　それは……」

「出口付近に、回避不能な罠があるからだとは思わない？　このゲームの総決算になるようなにかが、最後に控えているんだとは思わない？」

「……それは」

「そう思って振り返ってみれば……このビルの罠は全部、誰かを先行させれば回避できるものばかりだ。〈落とし穴〉に〈地雷〉はもちろん、あの〈獣〉だって、あのぐらいの大きさだったら一人食べた時点でお腹いっぱいになるはずだ。誰か一人先に行かせれば、通過できる難易度設定なんだよ。なんでそんなふうになってるんだと思う？」

「…………」

智恵の顔が青くなった。「ごめん、私、最初から気づいてた」と言葉は言う。

「最後にこういうのがあるってわかった上で、黙ってた。だって、もしその通りなんだとしたら、どうしようもないから……。三階でじゃんけんに負けて先頭になったのは、本音を言えば嬉しかった。だって、危険を買って出れば、最後に選ばれることはないだろうから……。……ここまで運んでくれたから、私、智恵には票を入れないよ。だから智恵も、できたら、私には入れないでほしい」


そのとき、言葉たちの後ろから、二人分の話し声が聞こえてきた。片方は毛糸の声、もう片方も、知っている人物の声だった。こちらに迫る二人分の足音を聞きながら、言葉は振り返り、その人物の名前を呼んだ。「――御城さん」

「ご無事だったんですね」

「……ええ。おおむね」


ない右腕に目をやりながら、御城は答えた。彼女の怪我は右腕に限ったことではなく、全身のそこかしこに切り傷を作っていて、ワンピースもずたずたになっていた。これでは夏の日の少女というより、奴隷の少女のような風体だ。

「あの、幽鬼さんは……？　ご一緒ではないんですか？」

「……あの人は……わたくしをかばいましたわ」認めたくない、という声だった。「わたくしの代わりに、あの獣のえじきに。おそらくはもう……」


言葉は訝しんだ。

本当か、と思ったのだ。あれほど無敵のパフォーマンスを見せていた彼女が、死ぬところなど想像できなかった。しかし、御城（ミシロ）が嘘（うそ）をついている様子もなかった。

「とにかく無事でよかったですよ」

毛糸（ケイト）が言った。

「安心しました。やはり、私たちのリーダーはあなたしかいませんね」

彼女を見捨てて逃げたくせに調子のいいことを、と言葉（コトハ）は思った。

だが、御城（ミシロ）は怒りはせず、「……そうですわね」と、暗い顔で一言発しただけだった。

そのことばがあまりにも陰鬱だったためか、以後、しばらく、一行の間に会話はなかった。

出口と思（おぼ）しき鉄の扉を前にして、やっと次のことばが放たれた。

発言者は智恵（チエ）。発言内容は、「これって……」だった。

（25／30）

まず、扉が目の前にあった。銀行の金庫にでも使われていそうな、鉄製の扉である。扉の上には、なにも映っていないモニターがひとつ。取っ手もへこみもついておらず、全員で一斉に押してもびくともしない。力ずくで開けることは不可能と思われた。

その両側に、シャワールームほどの小部屋が三つずつあった。合計六つ。こちらは特に施錠もされておらず、中にあったものは、机と椅子がひとつずつと、扉の上にあったのと同じ型のモニターがひとつ。これまでに散々見てきたデジタルのタイマーがひとつ。そして、外側の壁についている、長方形の隙間がひとつだけだった。

言葉（コトハ）たちがそれを確認したのを見計らったように、すべてのモニターが、ざざ、と、わざとらしいノイズを発した。

「――やあ、プレイヤー諸君。ゲームクリアおめでとう」

当たり障りのないマスコットが画面に映った。

そうなることを、なんとなく言葉（コトハ）は予想していた。このゲームでモニターといえば、それは〈解説役〉の登場を意味する。ゲームのルールをそれとなく示すことが困難な場合、また、初心者だらけのゲームなどでは、プレイヤーを適切に導くための〈解説役〉が置かれるのだ。

今回のそれは、オオカミを模したマスコットだった。凶暴そうでもなく、かといってかわいらしくもなく、なんというか、当たり障りのない感じのデザインだった。一昔前のゆるキャラブームに乗じて作ってみたはいいものの、あまりにも当たり障りがなさすぎてお役御免になってしまった。そんな哀愁を感じた。このゲームのために一から作ったのではなく、もしかしてどこかの払い下げ品だろうか。そう言葉（コトハ）は思った。

オオカミはことばを続ける。

「と、言いたいところだが、ゲームはまだ終わりではない。諸君らにはこれから、〈最後の試練〉を受けてもらわなければならない。扉の両脇に部屋が並んでいるのが見えるかね？」

見えるかね、とはわざとらしいことばだった。言葉(コトハ)たちが部屋の中まで確認するのを、このマスコットはどこかから見ていたはずだからだ。彼女らの返答を待つことなく、「各自、部屋の中で待機してもらう」とマスコットは続けた。

「まだ、プレイヤーが出揃(でそろ)っていないようなのでね。諸君らにはしばし、待機してもらわないといけない」

「――出揃っていない？」言葉(コトハ)が言った。「ということは、生きてるんですか？　幽鬼(ユウキ)さんは」

「言うまでもないことだが、一人につき一部屋ずつだ」無視された。「一人が入った段階で、自動的に部屋の扉は施錠される。ロックは内側からでも開けることはできないので、なにか外で用事があるなら、今のうちに済ませておくように」

御城(ミシロ)が目を細めた。施錠される、という部分に反応したのだろう。扉を施錠しなければいけないような出来事が、部屋の中で起こりうるということだ。

釈然としない部分はあったものの、言葉(コトハ)たちはオオカミの言う通り、部屋に入った。下半身を失った言葉(コトハ)は一人では椅子に座れないので、智恵(チエ)に手伝ってもらった。智恵(チエ)が部屋を出て行ったのと同時、扉はひとりでに閉じ、がちゃんという施錠音が聞こえた。言葉(コトハ)は外界から遮断された。

言葉(コトハ)は、じっと時を待った。

壁についていたタイマーを見つめた。〈01：32：45〉。ゼロから五までの数字がちょうど一個ずつ使われていた。言葉が目覚めたときには確か、残り五時間半だったはずなので、約四時間で出口にまでたどり着いた計算になる。そんなに短かったのか、と言葉は思った。四日間ビルをさまよっていたと言われても納得するぐらい、言葉は疲労していた。後半はただおぶわれていただけの言葉でさえこうなのだから、ほかのプレイヤーの疲労は計り知れない。

　残り一時間半。それだけの時間を、ただ待って消費することはしなくてもよかった。というのは、わずか数分後に、扉の向こうから足音が聞こえてきたからだった。聞こえた途端、言葉は嬉しみを覚えた。幽鬼だ。それ以外にはありえなかった。嬉しみが過ぎ去ると、今度は心配が顔を出した。彼女は無事なのだろうか。足音を聞くに、どうやら、両足を使って歩行できるぐらいには元気なようだが――。

　そんなことを考えているうちにモニターがまた点いた。オオカミのマスコットが、さっき言葉たちにしたのと同じ説明を繰り返した。扉を開ける音と、閉める音がした。がちゃんと扉が施錠される音も、聞き取ることができた。

　言葉の部屋のモニターも点いた。「それでは始めよう」と、オオカミが言った。

（26／30）

〈解説役〉のことばを、一言一句聞き逃さぬよう、御城は気を張った。

「諸君。バックパックを開けて、右側の内ポケットをのぞいてみてほしい。白い紙が入っているものと思われるが、発見できたかね？」

画面の中で、オオカミがその〈白い紙〉を手に持った。

が、御城は、オオカミと同じようにはできなかった。それもそのはずだ。三階の地雷で、御城のバックパックは粉々に吹き飛んでしまったのだから。

「おや。持っていないという者が何人かいるようだな……。では、その者たちは、机の引き出しを開けたまえ。同じ紙が入っていることと思う」

御城は指示通りにした。白い紙が出てきた。ゲーム開始時にバックパックの中身を確認したとき、こういうものが入っていたような記憶はあった。が、そのときの御城は、この紙にさしたる興味を抱かなかった。両面テープの一種かな、と思ったぐらいだ。

「これはユポ紙だ」と、オオカミは言った。

「破れにくく水に強く、折り曲げてもひとりでに開く。この国においては、投票用紙にも使われているものだな。事前に気づいていたという者はいるかね？」

オオカミは反応をうかがうような間を空けて、

「……ほう、何名かいるようだな。では、これが意図していることについても、すでに察しているだろう。諸君らにはこれから〈投票〉を行なってもらう。このゲームにおいて、ゲームクリアに最も貢献しなかったと思われるプレイヤーの名前を投票するのだ。最多票を獲得したプレイヤーは――」

オオカミは、今度はことばを強調するための間を空けて、

「死亡する」

と言った。

「諸君らの右手の壁についている隙間。これは投票口であるとともに、噴出口でもある。我々が丹精込めて作成したとある〈薬品〉が、選ばれたプレイヤーの部屋に放たれるというわけだ。詳しい症状は諸君らの精神衛生を考えて伏せておくが、致死率はほぼ百パーセント、五分と待たず死に至るということだけ伝えておこう」

「…………」

そうか。

そういうことか、と御城は思った。

幽鬼が御城を救出したのは、言葉を救出したのは、だからなのだ。この紙の正体にあの女は気づいていた。こういうものが、最後に控えていると知っていたのだ。プレイヤーの中で、一人だけ新参者。まともにゲームをしていれば、最多票を獲得するのは自分になるとあの女は考えた。だからこそ、獣に食われる危険を冒してまで御城を助けに来たのだ。

「投票時間は、投票開始を宣言してから十五分以内としよう。それまでに投票しなかった者は、自分に票を投じたものとして集計を行うので、そのつもりで。説明は以上だ。質問があれば、しばらく受け付ける」

そう言ってオオカミは黙った。

御城(ミシロ)も黙った。質問したいことはあったのだが、ほかのプレイヤーの様子を見た。

やがて、「たった今、あるプレイヤーから質問があった」とオオカミは言う。

「質問内容は、〈同率一位の場合はどうなるのか?〉。いい質問だ。その場合、バックパックに入っていた投票用紙を使ったプレイヤー――すなわち紙をなくさなかったプレイヤーの票を〈強い〉と考え、タイブレークを行う。それでも同着の場合、同率の二名で決選投票だ。プレイヤー数が奇数のため、それで間違いなく決着がつくであろう」

投票用紙をなくした御城(ミシロ)にとっては、ペナルティとなるルールだった。〈投票権はなし〉と言われないだけまだましか、と思う。

「……また、質問があった。〈誰の名前も書かずに提出する、またはここにいないプレイヤーの名前を書いた場合の処理は?〉。その場合、投票をしなかったのと同じだ。自分自身に票を入れたものと判定する。字が汚くて読めない等、不可抗力の理由であってもそのように判定するので、投票は慎重に行うように」

その手の抜け道は通用しないというわけだ。そうだろうな、と思う。ここまで手間をかけておいて、とんちで切り抜けられるような仕組みにしているはずがない。

「質問がありますわ」御城(ミシロ)が言った。

「ゲーム中に、ほかのプレイヤーから投票用紙をもらっていた。または奪っていた。あるいは、すでに投票用紙を持っているのにもかかわらず、机の中の投票用紙も使うなどして、一人のプレイヤーが二枚以上を投票した場合、どうなりますの?」

少し間が空いて、「……また、質問があった」とオオカミは言った。御城の質問内容を繰り返した。

「その場合、最初に投票した一枚のみが有効となる。二枚を結んで投票した場合など、どちらが先であるか判断が難しい場合は、我々が開票した一枚目のみを有効票とする。いずれにせよ、一人のプレイヤーが二票以上を投じることはできない」

御城は、胸を撫で下ろした。

投票用紙を集めたプレイヤーが、有利になる仕組みではないのだ。幽鬼がもし、ゲーム開始時からこのことに気づいていたのだとすれば、少なくとも二枚、投票用紙を手に入れるチャンスがあったはずだ。一枚はあの〈六人目〉の遺体を調べたとき。もう一枚は、地雷で吹っ飛ばされた言葉を助けに参上したときだ。本人のものと、机の中のものを合わせて、幽鬼の手元には四枚以上の投票用紙があると考えられる。もし紙の数だけ投票できるルールだったなら、御城たちに抵抗の余地はなかっただろう。

「……さて、ほかに質問もないようなので、失礼する。たった今から十五分――タイマーのカウントが残り一時間五分になるまでが投票時間だ。プレイヤー諸君、健闘を祈る」

ぶつん、とモニターは暗転した。

御城はタイマーを見た。〈01：20：03〉と表示されていた。

（27／30）

机の上には円筒型のペンケースと、鉛筆が二本あった。念入りに調べたところ、どう見ても普通の鉛筆だった。部屋中調べ回ったのだが、一票で二票分の効力を発揮する純金製の投票用紙、他プレイヤーの投票先をのぞき見ることのできる隙間なんてものは、なかった。その手の抜け道は存在しないのだろうと諦め、御城（ミシロ）は、机に向かった。

御城（ミシロ）は右利きだった。そして右腕は獣に食われていた。左手で書いた経験など、小学生のときのたわむれで数えるほどしかない。それでもなんとか読める字を書くため、御城（ミシロ）は極限まで鉛筆を短く持った。

そして、考えた。

誰の名前を書くべきだろうか。

まず思いついたのは、あの憎たらしい女の顔だった。幽鬼（ユウキ）。このゲームで御城（ミシロ）とたびたび衝突したプレイヤー。あいつさえ消えれば、御城（ミシロ）はまたいちばんになれる。――しかし――気持ちよく名前を書くことが彼女にはできなかった。さっきの一件で、心境に変化が生じていた。倫理のりの字もないこんなゲームの常連である御城（ミシロ）にだって、仁義のじの字はある。ここで幽鬼（ユウキ）の名前を書くなんてことが許されるのか？

次に思いついたのは、言葉（コトハ）だった。このゲームにおいて、最も深い傷を負ったプレイヤー。彼女はおそらく、二度とゲームに参加することはできないだろう。今後のゲームで会うことはないのだから、ここで恨みを買ったとしても問題は生じない——。が、これもこれで鉛筆が動きにくかった。再起不能な怪我を負っているという点では御城も同じなので、心のどこかでシンパシーを感じているのだろう。

「……やはりここは、指示通りに、ですわね」

御城はそうつぶやいて、運命の名前を書いた。

利き腕を獣に食われていたので少々苦労したが、提出することができた。御城は椅子に深く腰掛け、時を待った。

部屋のタイマーが、〈01：05：00〉を指した。

てっきり御城は、あのオオカミがまた現れて開票を行うのだと思っていたが、そうはならなかった。モニターは以降、ずっと沈黙を守ったままだった。

「……えっ？」

という、別室から聞こえてきた声にて、御城は開票の結果を知ることになった。

「え……わたし？　私なの？　なんで？」

別室にいる御城には、どうやって彼女が己の最多票であることを知ったのか、わからない。彼女の部屋のモニターだけが映像を流したのか、それとも、すでに噴出口から、薬品の散布が始まっていたのか。いずれにせよ結果は明らかだった。自分が最多票ではなかったことに、御城は安堵した。

「誰？　私に入れたの？　言葉？　私には入れないって言ったよね？　入れてないよね？

私、ちゃんと毛糸（ケイト）に入れたよ？　なんでなの？　私、なんか悪いことした？」

なにもしてないからだ、と御城（ミシロ）は思う。

五階と四階で先頭を歩き、落とし穴にかかるリスクを引き受けた毛糸（ケイト）。三階で先行し、地雷で両脚を吹っ飛ばされた言葉（コトハ）。三階から二階にかけて先陣を切り、獣に右腕を食われた御城（ミシロ）。前二人を救出した幽鬼（ユウキ）。いずれもそれぞれ、ゲームクリアに一定の貢献をしたといえる。ただ一人そうでない人物。それは、言葉（コトハ）をおぶう以外に大したことをしていない、智恵（チエ）である。

「違うじゃん。別にこれって私のせいじゃないでしょ？　誰が先頭行くかなんて、じゃんけんでランダムに決めたんだから！　私にはなにも責任ないじゃんこれ！　あんな〈解説役〉の言うことなんでみんな真に受けるの？　殺したいやつに票を入れるべきでしょう？　そんな……こんな理由で私に押し付けないでよ！」

御城（ミシロ）が人生で初めて〈それ〉を感じたのは、妹が生まれたときだった。姉妹間でなにかトラブルが起これば、すべての責任は御城（ミシロ）のほうに押し付けられた。どうしてこの母親は私たちを公平に扱わないのだろうと不思議に思ったものだ。決定的に〈それ〉を感じたのは、御城（ミシロ）の通う高校で死傷事件が起きたときだった。パシリに使われていた生徒が〈自力救済〉したそうなのだが、なぜだかその生徒に同情する声はほとんど聞かなかった。ああ、そっか、みんな仁義がねえんだなと腑（ふ）に落ちたのを覚えている。自分が今したのはそういうことなのだろうと御城（ミシロ）は思う。手頃な人間に、全責任を押し付けて事足れりとする。ゲームクリアに貢献しなかったという言い訳がくっついている分、今回のそれはなおのことタチが悪い。

「なんでだよ！　なんで毛糸じゃなくて私なの？　あのおべっか遣いのどこがいいの？　御城、見てなかったの？　あいつ、私よりも先に逃げたよ？　逃げてる最中笑ってたよ？　御城の心配よりも自分が襲われなかったって安心が先に来てたんだよ？　私よりあいつをやるべきじゃないの？　ねえ。……なんとか言えよ!!　あと五分しかないいんだよこっちは!!」

御城はなにも言わなかった。静かに、目を閉じた。

「絶対に許さない。呪ってやる。呪ってやる。呪ってやる。呪ってやる。呪ってやる！　呪ってやる！　呪ってやるー!!　呪ってやるー!!　呪ってやるー!!　呪ってやるー!!　呪ってやるー!!　呪ってやるー!!　呪ってやるー!!　――……」

智恵は、そのフレーズを繰り返しながら、扉を叩いた。声の大きさも調子も一定であり、扉を叩く音にも変化はなかった。扉が開いた様子も、なかった。

やがて、スピーカーを切ったように声は止んだ。

泣きじゃくっている音がわずかに聞こえた。時間としてもわずかなことだった。すぐに彼女は沈黙し、耳鳴りの音だけが御城のもとに残った。

部屋のデジタルタイマーは、〈01：00：02〉を表示していた。

（28／30）

扉が開いた。

幽鬼（ユウキ）は、外に出た。出てきたのは幽鬼（ユウキ）はいちばん最初だった。その次に、ややふらつき気味に御城（ミシロ）が姿を現した。その次が毛糸（ケイト）だった。そういえば言葉（コトハ）は自力で出られる状態ではなかったというのを思い出したので、幽鬼（ユウキ）は迎えに行った。三階から二階でしていたのと同じように、背中に担いだ。これにて四人だった。

五人目はなかった。

智恵（チエ）の入った部屋の扉は、まだ施錠されていた。押しても引いてもびくともしなかった。扉の上にも下にも隙間はなかったので、中をのぞき見ることもできなかった。だが、その末路は、誰が聞いてもわかるほどわかりやすく示されていた。

四人のうち、最初に声を発したのは、御城（ミシロ）だった。「幽鬼（ユウキ）さん」と話しかけてきた。

「ご無事でしたのね。……よかったですわ」

「うん。おかげさまで」

幽鬼（ユウキ）は答えた。バックパックから、血まみれのナイフを取り出した。

御城（ミシロ）が持っていたナイフだった。

「使わせてもらったよ、これ。おかげさまで楽に勝てた」

「……わたくしのナイフ……回収していたんですの？」

「もったいないと思ってね」

御城が、幽鬼の全身をまじまじと見つめてきた。

幽鬼は、腹部から白いもこもこが飛び出してはいたものの、ほかは無傷だった。〈ジェヴォーダンの獣〉は、結局あのあと、一撃たりとも幽鬼に入れることはできなかった。言葉を背負っていたあのときならともかく、足手まといのない状況ならば、あの程度の障害は幽鬼にとってなんでもない。

御城は、自分の右肩を抱いた。彼女がなにを考えているのか、聞かずともわかった。

「あの」

幽鬼の背中から声がした。言葉だった。

「聞いてはいけないことなのかもしれませんけど……みなさん、誰に票を入れたんですか？」

全員、固まった。互いに互いの様子をうかがう時間が、しばらくあった。「……私は、毛糸さんに入れました」と、沈黙を破ったのは言葉だった。

「ここに来るまで、背負ってもらった借りがあったので……」

「……わたくしは、智恵さんですわ」御城が続いた。「〈解説役〉の指示に従って、選びましたわ」

「私も智恵ですね。理由も同様です」毛糸が言った。

智恵が死に際に叫んだことについて、誰も言及しなかった。触れてはならないという不文律があたかも存在しているかのようだった。

「幽鬼さんは……？」

言葉が聞いた。「誰なんだろうね」と幽鬼は答える。

「たぶん、智恵に入ったんじゃないかな。彼女はおそらく毛糸に入れただろうから、そうじゃないと二票ずつで同点になるし」

「たぶん？　たぶんってどういう意味ですか？」

「いや、あれだよ。二票以上を同時に入れたら、先に開票したほうだけ有効になるってルールがあったじゃない。私は別に誰でもよかったから、全員の名前を一枚ずつ書いて、四枚まとめて投票口に突っ込んだんだよ。だから、誰に票が入ったのか、私にもわからない」

幽鬼以外の全員がことばを失った。

「……投票用紙を……四枚も持っていたんですか」と、やっと口を開いたのは毛糸だった。

「うん。自分のと、あの六人目からせしめたのと、言葉のやつと机の中にあったやつ。それで四枚」

「最初から、あれが投票用紙だと気づいていたんですの」御城が聞いてきた。

「まあね。私以外のみんな仲が良さそうだったから、このままじゃ追放されるのは私になってしまうと思った。だから点数稼ぎのため、言葉や御城を助けに行ったのさ」

それにしても――。〈こんな理由で〉か。智恵のことばが幽鬼の耳に残った。今回のケースでは、幽鬼の票が投票結果を左右してしまったわけだ。誰に票を入れたところで幽鬼の利害には関わらないので、ランダムにするのがいちばん公平かと思ったのだが、少々無責任だったかもしれないと幽鬼は思う。今後、同様のケースがあったときのため、別の基準を考えておいたほうがいいのかもしれない。

部屋の扉が開いたのと同じく、出口の扉もひとりでに開いていた。幽鬼たちは、そこからビルを出た。お迎えの車が複数台停まっていて、幽鬼たちの姿を確認するや、それぞれのエージェントがお出迎えしてくれた。

ゲームクリアだった。

幽鬼は、今回も生き延びた。

「幽鬼さん」

別れ際に御城が言ってきた。「なに？」と幽鬼は聞き返す。

「気に入った……と、さっきおっしゃいましたね」

「ああ、うん、そんなこと言ったね」

「あれは、わたくしがあなたに投票しないようにするための、でまかせですか？」

「ん？　いや別に、そんな深い意図はないよ。あんなふうに言われたの初めてだったからさ、面白いやつだなあと思って。それだけ」

御城は、幽鬼の真意をうかがうように、瞳をじっとのぞいてきた。やましいことはなにもなかったので、その視線を幽鬼は真正面から受けた。

やがて、御城は苦い顔をした。一秒か二秒か、心を固めるためだろう、間を空けて、噛み締めるような口調で彼女はそれを言った。「幽鬼さん」

「生意気な態度をとってしまい、申し訳ありませんでした」

幽鬼は驚いた。続けざまにお嬢様は言う。

「誰が格上か、はっきりとわかりましたわ。……ごめんあそばせ」

幽鬼がろくな反応をできないうちに、御城は車に乗り込んだ。「あの……幽鬼さん？　車に乗りたいので、降ろしていただけると助かるのですけど……」と言葉に肩を叩かれるまで、ずっと呆然としていた。


（29／30）

御城をはじめとする、このゲームの〈常連〉というべきプレイヤーには、それぞれ専属のエージェントがついている。最も多くのプレイヤーが死亡する一回目のゲーム、単発のプレイヤーなら参加しない二回目のゲームを生き延びると、それが割り当てられる。サングラスに黒のスーツ、乗り回すのは黒塗りの乗用車と、都市伝説の中にしか出てこないような画一的な連中なのだが、しかしその中身は千差万別だった。最低限の業務――黙々とプレイヤーを送迎することしかやらない者もあれば、プレイヤーにしょっちゅう話しかけてきたり、プライベートにも関わってきたり、ときには、プレイヤーがより高みに至るためのサポートを行う者もあった。

御城のエージェントは、後者のほうだった。

「珍しいですねえ、お嬢様」

ハンドルを切りながら、エージェントは言った。

車の中だった。後部座席で、死んだようにうなだれる御城に対することばだった。

「あなたが謝るなんて、人生初のことじゃないです？　珍しいもん見せてもらいましたよ。録音回しときゃよかったかなあ」

「もし」

エージェントのことばに、御城は割り込んだ。

「少し、暴れてもよろしいですこと」

「……ここでですか？　いやあ、勘弁してほしいですけどね……」

「プレイヤーのメンタルケアも、あなたの役割のひとつでしょう」

御城は自分に都合のいいことを言って、右足を上げた。

エージェントの座るシートを全力で蹴った。「クソが!!」と叫んだ。

「クソが!!　クソが!!　クソが!!　あの女!!　――※※※!!」

全力で蹴り続けた。頭に浮かんだことばを、一切の検閲を行うことなく叫んだ。ひと蹴りごとに反動でシートに押し付けられ、背中の切り傷が痛むのを感じたが、お構いなしだった。この心に鬱屈するものを吐き出すのが優先だった。

御城が体力を使い果たすまで、それは続いた。肩で息をしながら、御城は、後部座席に寝転がった。「録音してなくてよかったですね、お嬢様」と、愉快そうにエージェントは言ってきた。

「そんな汚いことば、私以外が聞いてたら絶交ですぜ」

「黙りなさい……」

疲れ切っていながらも、御城は、語気を弱めなかった。

「そんなに悔しいなら、謝らなきゃよかったじゃないですか」

「必要だと感じたからしたまでですわ。現状を認めなければ、それに立ち向かうことはできません。あの女を負かしてやることはできませんわ」

「……おや？　するってえとなんです、まだゲームを続けるので？　お嬢様」

御城は、自分の右腕を見た。肘から先が消え失せていて、お箸より軽いものも持てない。この状態では、次のゲームにはとても生き残れないだろう。

「まずは、ゼロに戻るところからですわね」御城は言う。

「いつかあなたの言っていた、あの話。お受けすることにいたしますわ」

「あの話ってどれです？　右手にドリルつけるやつ？」

「それで出場できるならそうしますけれど。反則でしょう？」

「まあ、武器の持ち込みはナシですね」

「普通の義手でお願いいたしますわ」

「普通とおっしゃいますけどね、〈あの人〉の力でも、完璧に元通りにできるわけではないですぜ？　ゼロに戻るってのは少し違うんじゃないかと」

「その分は、わたくし自身のレベルアップで補いますわ。どのみち今の実力では、あの女に到底及びませんもの。義手になることのマイナスが隠れて見えないぐらい、大幅なレベルアップが必須ですわ」

「腕前が足りないってことですね。ふたつの意味で」

「…………」

「いやあの、右腕の前腕部と、実力的な腕前ってことで……」

「ちゃんと前を見て運転なさい」

「仰せのままに」


（30／30）

廃墟探索家の間でささやかれていること

廃墟探索において、いちばんに恐れなければならないこと

それは建物の崩落に巻き込まれることでもなければ

幽霊を持って帰ってくることでもなければ
警察のご厄介になることでもない

誰も使ってないはずの廃墟に、最近使われた形跡があること
長年放置されているはずなのに、妙に小綺麗であること
白い綿のようなものを発見してしまったら、アウトだ
すぐにその建物から離れて、見たものを忘れないといけない

それは〈ゲーム〉が行われたなによりの証拠だからだ

2.ゴールデンバス（30回目）

（0／41）

あらゆる業界がそうであるように、人が死んじゃうこんなゲームの業界においても、先輩と後輩の関係がある。師匠と弟子の関係がある。己の師匠を早めに見つけることは、プレイヤーが長期にわたって生き残るために最も重要なことだ。ワンミスが死に直結するこのゲームにおいて、トライアンドエラーを繰り返しながら成長するなんてことはできないし、日の当たる場所にはとても出せない〈裏〉の業界ゆえ、生き残りのノウハウをインターネットで発信する人間がいるはずもないからだ。プレイヤーが〈勉強〉するためには、あらゆる学習法の中で最も古典的なもの——つまり、師匠を見つけて、口伝えで教えてもらうしかない。

幽鬼（ユウキ）にも師匠はあった。白士（ハクシ）、といった。幽鬼（ユウキ）の知る限り、クリア回数最大のプレイヤー。九十五回という驚天動地の記録を持つ彼女から、ゲームの手ほどきを受けていた時期が、幽鬼（ユウキ）にはあった。

「三十回目のゲームには気をつけろ」

その指導のひとつが、これだった。

「〈三十の壁〉、と呼ばれているものがある。順調にクリアを重ね、経験も実力も十分であるはずのプレイヤーが、三十回目あたりで突然、命を落とすのだ。その生還率の低さから

〈壁〉と呼ばれている。私のような三十オーバーのプレイヤーが、極端に少ないのはそのせいだ」

「……運営が、高難易度のゲームを仕組んでくる、ということですか？」

幽鬼は聞いた。このゲームを管理する〈運営〉。特定のプレイヤーが不利になるような舞台設定が、やつらならできるだろう。

「いいや」と白士は答えた。

「難易度は今まで通りだよ。ゲーム中に運営がなにかしていた様子もない。ゲームの結果を操作するような介入は、やつらの忌み嫌うところだからな」

「油断する、ということですか？　経験豊富になって、増長してしまうのがちょうど三十回目あたりだとか……」

「それもあるかもしれない。〈三十の壁〉の存在を意識したせいで、逆に調子を落としてしまうというのもあるだろう。しかし――私の経験で語るならば――そんな曖昧なものじゃあ、あれはなかった。なにもかもが自分の不利にはたらく。世界のすべてから攻撃されているような気分になる。あれはまさしく〈呪い〉だよ。後にも先にも、あんなゲームはほかに経験していない。二度とやりたくもないな」

「……どうやったら、その〈壁〉を越えられるんです？」幽鬼は聞いた。

白士は答えた。「それがわかれば苦労はない」

（1／41）

六畳一間のアパートで幽鬼(ユウキ)は目を覚ました。

（2／41）

まだ少し、頭がぼんやりしていた。体もだるい。ゲームの始まりと終わりに渡される、睡眠薬の作用だった。ゲームが終了したのだということを理解し、「ああ……」と不快さをうめき声に表して、幽鬼(ユウキ)は起き上がった。

枕元に、白衣が折り畳まれていた。二十九回目のゲームの衣装だった。しかし、それが自分の着ていたものではないことを幽鬼(ユウキ)は知っていた。ゲーム中にかぶった薬品のせいで、彼女の白衣は溶けてなくなってしまったはずだからである。衣装が傷ついたり破れたりすることは山ほどあったが、丸ごと失ってしまうのは初めてだった。こうして新品を用意されるのも、初めての経験だった。

幽鬼(ユウキ)はそれを手に取った。

びたん、と床に叩(たた)きつけた。「くそっ」と言った。

（3／41）

ゲーム後のいつもの習慣――衣装をクローゼットにしまうことと、散っていったプレイヤーへの祈りと、ゲームの振り返りを済ませて、幽鬼は外出した。

散歩である。いつからか、趣味になっていた。なにもせずただ歩くだけだなんて時間の無駄、暇をこじらせている老人だけがする行為だとかつての幽鬼は考えていたのだが、今は違った。なにもしない時間というのが、どうやら、人間には必要らしい。嫌なことがあったとき、ありえないポカをやらかして落ち込んだときなど、しばらく散歩すれば、みるみるうちに幽鬼の心は平常に戻ってくれた。

しかし、その散歩をもってしても、幽鬼の気は晴れなかった。

二十九回目のゲームで、幽鬼はまたもぶざまをさらした。溶かされたのは白衣だけではなかった。薬品を頭からかぶったために全身の皮膚が焼けただれ、どうもエージェントの話では、頭蓋骨までもが半分ほど溶かされていたらしい。今、幽鬼の頭についているこの髪は、もはや地毛ではないのだ。髪は女の命――なんてことは思わない幽鬼であるが、頭部に怪我を負ってしまったという事実に、ショックを受けないわけにはいかない。

このぶざまは今回に限ったことではなかった。前回のゲームでも、そのまた前回のゲームでも、幽鬼は調子を落としていた。二十八回目のゲーム――〈ゴーストハウス〉に関しては、仮に幽鬼が万全だったとしても結果は変わらなかっただろうが、しかし、それでも、恥さらしなプレイをしたという認識があった。

このままではまずい、と思う。

次はいよいよ、三十回目だというのに。

いや――三十回目だからこそ、なのか。


（4／41）


さらに二週間分すり減ったローファーのかかとが、アスファルトの地面を叩いた。

夜の散歩だった。ここのところ、日課と化していた。幽鬼は夜間の学校に通っているのだが、最近は直帰せず、そのへんをふらふらしているのだった。

当初はいったん家に帰り、ジャージに着替えてから散歩に出かけていたのだが、今や面倒になってセーラー服のままだった。一応、幽鬼はまだ未成年であり、こんな時間にそんな格好でうろうろしてはまずいのだが、補導を受けたことはなぜだか一回もなかった。運よく警官に出くわしていないだけなのか、運営がうまいこと手を回してくれているのか、それとも、ひょっとしたら本物の幽霊だと思われていて、陰から念仏を唱えられているのかもしれなかった。

前回のゲームから、二週間が経過していた。調子はいまだ戻らない。栄養のあるものを食べてみたりまとめて睡眠をとってみたり、こうして散歩を日課にしたりといろいろ試したのだが、だめだった。なにがだめなのかわからないがだめだというのははっきりわかる。

全身の歯車がうまく噛み合わないような、自分の芯にあるものがぐらついているような、そんな感じがした。

二週間というのは、幽鬼にとってひとつの区切りだった。普段は、そのぐらいの間隔でゲームに参加していた。一週間程度では体力が戻らないし、一ヶ月にわたってしまうと感覚が鈍ってしまう。インターバルは二週間、月に二、三回の参加が、最適であると考えていた。これは幽鬼のエージェントもよく知るところであり、ゆえにそろそろ――なんなら今夜にでも、次のゲームの話を持ってくるものと思われた。

だが、肝心の幽鬼が、招待に応じられる状態ではない。

ひとつの選択肢が、頭から離れない。

ゲームの参加を見送る、ということだ。そういうこともむろん可能である。人権意識などかけらも有していないこのゲームの〈運営〉であるが、しかし、ゲームの外においては、甘っちょろいとさえいえるほどプレイヤーに優しい。ゲームの招待に応じるか否かは、プレイヤーに委ねられている。断ったからといって、その後のゲームが難しくなったり、妹さんかわいいですねなどと脅されるようなことはない。嫌なら嫌と言ってしまってもいいのだ。

しかし、おそらく、それは問題の先送りにしかならない。

これ以上時間を置いても、状態がよくなるとは思えなかった。いや、それどころか、ますます悪くなっていくことだろう。長期間にわたってゲームから離れてしまうと、勝負勘が鈍るからだ。

あまり好ましくない未来の図が頭に浮かぶ。ゲームの招待を見送った幽鬼は、しかし、万全といえるところにまで状態を戻せない。次のゲームも見送ることになってしまい、その次も、またその次も、同様の選択をする。そのうちに勝負勘は錆びつき、自信を少しずつ失っていき、そして結局——

二度と、ゲームに参加することはなくなる。

「それだけはごめんだな……」

幽鬼はつぶやいた。

九十九回のゲームクリア。その目標を、そんなずるずると引きずられるような手順で、失いたくはなかった。

だが、どうする。だったらこの状態でも参加を表明するのか？　このままではジリ貧だから、えいやっと考えなしに勝負に出る。それこそ素人じみていないか？　幽鬼はただ勝ちたいだけではない。玄人でありたいのだ。考えなしのプレイをすることは、それこそ道なかばで諦めることと同じぐらい、幽鬼にとっては恥ずべきことだった。

ここ二週間、考えに考えていた。

結論は出なかった。つまるところ、袋小路なのだ。

今日も今日とて結論は出せなかった。幽鬼は、いつもの散歩コースを終えて、普段ならコンビニでアイスのひとつでも買って帰る段取りだったが、今日はそうしなかった。体を冷やしすぎているのがいけないのかもしれないと思ったからだ。口呼吸を行うことで口寂しさをごまかしつつ、幽鬼は帰路についた。

その足が、一瞬だけ、止まった。

（5／41）

一瞬が過ぎて、また歩き出した。ほんの一瞬のことだった。不自然さはほとんどなかったはずだった。傍から見る者がもし百人あったとすれば、まず九十九人は、その異変に気がつかなかったはずだ。

相手がプロでなければ、まず気づかれなかったと思う。

しかし、相手がプロだったら、やってしまったかもしれない。

幽鬼は背後から視線を感じたのだった。生きるか死ぬかのゲームを二十九回もやれば、そういう感覚も育つ。身の危険を感じさせるもの——すなわち〈殺気〉ならもちろんのこと、ただの気配や視線であっても、かなりの高精度で感じ取ることができた。感じ取ったということを、発信者側に悟らせないための訓練も積んでいた。

——そのつもり、だったのだが。

ほんの少しだけだが、幽鬼は視線に反応してしまった。もしも相手が刑事や探偵のような、人間の状態を見抜くプロだったなら、その不自然さに気づくことができたかもしれない。迂闊だった、と幽鬼は思う。いくらゲームの外とはいえ、注意散漫もはなはだしかった。やはりどうも調子がおかしい——。

　幽鬼は考えを止めた。

　そうじゃない。今はこの視線を気にするべきだ。いつからだ、と思う。おそらくは今初めて視線をぶつけられたのだろうが、しかし不調の幽鬼なので、そうだといえる確信はなかった。散歩を始めたときから、いや、それとも学校にいたときから、すでにつけられていたのかもしれない。相手は誰だ、とも思った。夜間学校のクラスメイトか。未成年の深夜出歩きを咎めたがっている警官か。それとも幽鬼のエージェントが、いよいよ三十回目のゲームへ招待しにやってきたのか。あるいは幽鬼に因縁のあるプレイヤーの誰かが、彼女の住処を特定し、暗殺してやろうと隙をうかがっているのか。

　いずれにせよ、正体を暴かないわけにはいかなかった。

　幽鬼は、帰路を外れ、近くの公園に足を運んだ。公園を選んだことに特に理由はない。もしも騒ぎを起こさざるを得なくなったとき、被害が少なくて済むだろうという計算もないではなかったが、深夜に人と落ち合うならやはり公園だろうという、偏見にも似た直感によるところだった。

　ともあれ、公園だった。ブランコに滑り台、動物の腹にバネを引っ付けた乗り物に、ベンチがひとつあるだけの、けちな公園だ。管理の手がしばらく入っていないのだろう、遊具は錆びついていて地面には雑草がぼうぼう、ましてや時刻も夜中だというのだから、人気（け）がないのは当然も当然のことだった。

　そうした公園の真ん中で、幽鬼（ユウキ）は立ち止まった。

　幽霊のようなすばやさで振り向いた。ここに向かっているうち、視線の方向は特定していた。幽鬼（ユウキ）の目と鼻の先には、人一人が隠れるのに十分な太さを持った、樹木があった。

「出てこい」と幽鬼（ユウキ）は言った。

「こそこそつけ回して、どういうつもりだ」

　返答はなかった。幽鬼（ユウキ）はいらだった。もういいや、と思い、その木に近づいた。こちらから動いても問題はなかろうと考えていた。公園までの道のりで、多少、尾行者の素性も絞り込んでいたからだ。プロではまずない。クラスメイトか、それとも通りすがりの変質者か。よりにもよって今来るんじゃねえよ、と思う。大事な時期だというのに。三十回という節目のときだというのに――

　――いや――三十回だからこそ、なのか？

　幽鬼（ユウキ）が半分ぐらいにまで距離を詰めた段階で、尾行者は自分から姿を現した。

　中年の男だった。

　知らない男だった。女の子ばかりの業界で生きている幽鬼（ユウキ）にとって、男性の知り合いはひどく少ない。それこそ父親と、学校のクラスメイトと教師ぐらいのものだ。その数少ないリストに、この中年男は含まれていない。

　が、なぜだか幽鬼（ユウキ）はこの男に覚えがあった。見覚えではなく、〈覚え〉である。その使い込まれたチェックのスーツにも、ちゃんと運動しているのだろう管理の行き届いた体型にも、社会の荒波に数十年もまれたのだろう渋い顔の造りにも、見覚えはなかった。しかし、男のまとう雰囲気には、自分で自分を追い込んで殺してしまいかねないその剣呑な気配には、覚えがあった。

「失礼しました」

男は帽子を脱ぎ、深々と頭を下げた。

「御用がお済みになってから、声をおかけしようと思っていたのです。かえってお気をわずらわせてしまい、申し訳ありません」

「……誰です？」幽鬼は聞いた。

「金子努、と申します。先日は、娘が大変お世話になりました」

その名前を聞いた途端、幽鬼は目を見開いた。

ある少女の顔が、男にだぶったからだ。プレイヤーネーム、金子。男と同じ苗字の少女。幽鬼の二十八回目のゲーム、〈ゴーストハウス〉で、その命を散らせた少女。その落命に多大な責任を負うところが幽鬼にある少女。

男は彼女の――。

「――お父さん!?」

（6／41）

幽鬼がその少女と出会ったのは、前々回のゲーム、〈ゴーストハウス〉でのことだった。プレイヤーネーム、金子。うかつに触れたら壊れてしまいそうなぐらい華奢な体と、人生の半分は損しているのではないかというぐらい生真面目な性格を併せ持つ、金髪ツインテールのちっちゃい女の子だ。このゲームのプレイヤーには珍しい真人間なので、幽鬼は彼女のことをよく覚えていた。

今回の件で、一生忘れられないプレイヤーにランクアップすることだろう。プレイヤー本人とゲーム外で会ったことはこれまでにもあったが、その親族――お父さんが出てくるなんてのは、初めての経験だったからだ。

（7／41）

立ち話もなんなので、幽鬼と金子氏はベンチに座った。荒れ果てた公園のベンチなので、それ相応にぼろっちい。ならず者の幽鬼はそれでも全然平気なのだが、このジェントルマンを座らせるのはどうだろう、と思った。思うだけでなく、場所を変えることを提案もしたのだが、「いえ、大丈夫です」との答えが金子氏から返ってきた。そしてこう続けた。

「あまり、そういう場所では好ましくない話になるでしょうから」

ベンチに二人、並んだ。「……なにから話したものでしょうか……」とひげを触る金子氏に対し、「あの、金子さん」と幽鬼は先手を打った。

「はい」

「初めに聞いておきたいんですけど。いったいどこから、私のことを知ったんです？」

さしあたり、それがいちばん気になることだった。プレイヤーの身元は、運営の手によって固く守られている。仮に金子氏が〈ゴーストハウス〉の〈観客〉であったとしても、幽鬼の住所を知ることはできないはずである。自らがヘビープレイヤーであると触れ回る趣味もないし、高校に通う以外の社会的活動もしていない。なのに、どこから身元が割れたのだろう。

「私の所有するネットワークを活用して……という答えになります」

金子氏は答えにくそうにした。

「すいません。詳しいことは、私にもわからないのです」

「……そうですか」

わけありな様子だった。無理に聞き出すこともすまい、と幽鬼は思った。

「どこまでご存知なんです？」

「幽鬼さんがゲームの常連であるということ。そして最近、私の娘と同じゲームに参加したということ」

「金子のことですね」

「金子、と名乗っていたのですか？」

「え？　……ええ、まあ。身元を隠すために、普通、偽名を使うんですよ。プレイヤーネームっていうんですけど」

「そうなのですか……」

どうやら金子氏は、ゲームの中身についてまでは詳しくないらしい。金子が誰のせいで命を落とすことになったのかも、知らないのだろう。

「金髪ツインテールの、ちっちゃい娘ですよね。お父さんに似て責任感の強そうな」

「私に似て……かはわかりませんが……間違いありません。私の娘です」

金子氏は沈痛な顔をした。

なんたって、娘を失ったのだ。それよりも悲しいことなどこの世界には存在しない。人として当たり前に覚えるべき同情と、金子の死亡に関わっているがゆえの罪悪感とが、幽鬼にはあった。

しかし、一方で、辻褄の合わないものも感じた。

なにか、どこかがおかしいと感じている。どこだったろう、と幽鬼は、金子の発言をひとつひとつ思い返した。確か――そう、彼女がゲームに参加した理由は――

「ところでお父さん」幽鬼は言った。「ひとつ、聞いておきたいことがあるんですが」

「……なんでしょうか？」

「金子は確か言っていたはずなんですよ。親のこさえた借金を肩代わりしてゲームに参加したと。そのあたりどうなってるんですかね？」

　なんとなく、金子の家庭環境は良好ではないのだろうと思っていた。お袋はクズで親父はゲス、すべての皺寄せは金子にいくみたいな家庭を想像していた。今幽鬼の目の前にいる、幽鬼と違ってものすごく地に足ついてそうなこの男の人とは、イメージが合わない。

　仮にこの男が、娘をゲームに売るような人物だったとしても構わないのだが、聞いておくべきではないかなと幽鬼は思った。

「返すことばもありません」と金子氏は答える。

「負債があったというのは、事実です。家業が立ち行かなくなって、それで……」

「それで、娘さんをゲームに出場させた？」

「いいえ！　そんなことは……断じてないのですが……そうしたようなものかもしれません。当時は自分のことにかかりきりでしたから……」

「……そうですか」

　たぶん無罪だろう、と幽鬼は判断する。

　誰も頼んでいないのに、勝手にゲームのことを調べて、勝手に出場する。金子がいかにもやりそうなことだ。あるいは運営のほうから彼女に近づいたのかもしれないが、いずれにせよ、出場は自分の意志だったと思われる。

「娘さんがあのゲームでどうなったのか、すでにご存知なんですよね」

「……命を落とした、ということだけは」

「私に接触したのは、それと関係あってのことですか？」

「もちろんです」

金子氏は、膝の上の拳を握った。

「娘の無念を晴らしたい。このゲームの運営を、必ずや壊滅させてみせる。幽鬼さんには、そのご協力をお願いしたいのです」

（8／41）

スーツの内ポケットに金子氏は手を入れた。てっきり名刺でも出てくるのかと思ったが、すでにお互い自己紹介は済ませているわけで、出てきたのは小さな袋だった。

殺人事件の証拠品でも収まっていそうな、小袋である。その中には、飲み込むのにさぞかし苦労するだろう、サイズの大きなカプセル剤が入っていた。

「これは？」

「発信機です。飲み込んだ人の居場所を、地球のどこからでも絶えず送信してくれます」

そう言って金子氏は発信機を差し出してきた。幽鬼はそれを受け取り、まじまじと見つめた。カプセルは透明ではなかったので、いくら目をこらしても、中身の発信機は見えなかった。

金子氏の視線を感じ、幽鬼は顔を上げた。

「次のゲームには、これを飲み込んで参加してほしいのです」

「……なるほど」

その意味は容易に理解できた。日の当たらない世界で行われるゲームに、発信機をともなって参加する。それはすなわち——。

「このゲームの最も厄介な点は、その秘匿性にあります。ゲーム本体はもちろんのこと、バックに控えている組織も、顧客も、なにもかもが〈裏〉で完結している。しかし、逆に言えば、白日のもとにさらしてしまいさえすれば、壊滅させるのは難しくありません」

それはそうだ、と幽鬼は思う。こんな命の危ないゲーム、二十一世紀の日本で——あくまでも〈今〉の日本でという但し書き付きだが——存在を許されるわけがない。事が公になってしまえば、ゲームも運営も、すぐに解体してしまうだろう。

「もちろん、飲み込んでも害はありませんし、数日すれば自然と排出されます。幽鬼さんの側で、なにか操作をする必要もありません。私からお願いするのは、ただカプセルを飲んでいただくことだけ。ゲームの行われている場所さえ特定できたなら、あとのことはすべて、わたくしどもの手で行います」

「わたくしども？」

しまった、という色が、金子氏の顔に浮かんだ。

「個人じゃないんですか？　金子さん」

「……はい。その……このカプセルも、私ではなく、仲間たちの作ったものでして」

歯切れの悪い答えだった。幽鬼は事情を察した。

「その〈仲間たち〉について、詳しく教えてもらうわけにはいかない？」

「はい。……申し訳ありません」

幽鬼は想像する。おそらく、金子氏は、いわゆる〈被害者の会〉に所属しているのだろう。このゲームの犠牲者は金子のほかにも数多く、親族の数はその数倍にのぼるのだから、そういう会が結成されていることは想像に難くない。さっき金子氏の口にのぼった、幽鬼の身元を突き止めた〈ネットワーク〉というのも、そこ由来のものか。

〈組織のことを話すな〉という指示が金子氏には入っているものと思われた。歯切れが悪いのは、それが理由だ。リスクヘッジを考えてのことだろうと幽鬼は推測する。幽鬼が信用に足る人間であるかどうか、まだわからない。組織の情報をオープンにしてしまっては、幽鬼から運営に漏洩するリスクがある。闇に潜むことで安全を得ようとするのは、なにも運営ばかりではないということだ。

幽鬼は手の中で、袋に入ったカプセルをもてあそんだ。「私がプレイヤーであると知った上で、頼むんですね」と聞いた。

「はい。お願いできますか」

「いわば私は、ゲームを肯定する側の人間ということですよ。私が協力するとお考えなんですか？」

「もちろん、その点については考えております。ゲームの解体に成功した際には、幽鬼さんが生活するに困らないだけの援助はいたします。私の個人的なつてから、再就職先をご紹介することもできます」

答えがずれている、と幽鬼は思った。

援助などしてもらわなくとも、これまでのゲームの賞金で、しばらく食っていけるだけの蓄えはすでにある。再就職先の支援なんてしてもらってもしょうがない。表の世界にちっとも馴染めなかったということが、プレイヤー稼業をやっている理由のひとつなのだから。それに、そもそも、金銭や有職であることを目的として、幽鬼はプレイヤーをやっているのではない。

「認識にずれがあるように思います」幽鬼は言う。「金子さん。もしかして私が、いやいやゲームに参加しているものと、そうお考えなんじゃないですか？」

「……そうではないのですか？」

少し、心が痛かった。「そうではないんですよ」と答える。

「金子みたいな、やむをえずの参加者もいますけどね。そういう娘は、せいぜい五回か六回です。それ以上いってしまうようなやつは、完全にやりたくてやってる。死生観がちょっと変わってるんですよ。自分の命を失ってしまうということ以上に、許せないことがある。だからゲームを続けるんです」

「許せないこと、というのは……」

「私の場合——」

のんべんだらりと生きることです、と言おうとした。

だから九十九回のゲームクリアを目指しています。そう言おうとした。

だが、口からことばが出てこなかった。

「幽鬼(ユウキ)さん？」

「……まあ、いろいろあるんですよ。いろいろ」

幽鬼(ユウキ)はそうごまかした。デリケートな部分だと思ったのだろう、金子氏が問い詰めてくることはなかった。

「失礼を承知で言います」

その代わり、勝手なことをしゃべり出した。

「幽鬼(ユウキ)さんは――……いや、幽鬼(ユウキ)さんに限らず、このゲームのプレイヤーは、もっと自分を大切にすべきだと思います」

ざわり、とするものが幽鬼(ユウキ)の心に生まれた。

それと同じ感覚を直近で覚えたのは、いつかの殺人鬼と口論したときのことだった。そのさらに前となると、子供のころ、先生や母親に叱られたときにまでさかのぼる。足元が不安定になる感覚。心臓を触られているような感覚。

踏み込まれたくない領域に、踏み込まれているときの感覚。

自分の根源を否定される感覚だ。

「生き方の多様な時代だからといって、ものには限度があります。命懸けのゲームなんて、漫画や映画で楽しむにとどめるべきものです。実際にそれを行うなんて――あえてこのことばを使いますが――明らかに異常ですよ」

やめろ、と思った。異常だって。わかってるさ。わかってて私たちは参加してるんだ。おあいにくさま、私たちプレイヤーもそれ相応に異常なもんでね。言われなくてもわかってる。わかってるからほっといてくれ。

「こんなものが、二十一世紀の日本に存在していいはずがありません。幽鬼さん、どうかお願いします。命懸けのゲームにもう何回も挑んでいる……。そんな人なら、ゲームがなくなっても道はあるはずです。どうか、わたくしたちにご協力をお願いします」

黙れ。〈もう何回も挑んでいる〉なんてやすやすと口にするな。私の成果は私だけのものだ。ほかにも道があるだなんて、知ったようなことを言っているのも許せない。

幽鬼はカプセルを握った。突っ返してやる、と思った。

言おうとした。プレイヤーであることに私は誇りがある。自分の意志で道を決めている。九十九回のゲームクリアを目指している。だからこれ持ってとっとと帰れ。

そう言おうとした。

「――……」

だが、口からことばが出てこなかった。

意図しない笑いを幽鬼は漏らした。

こいつは重症だ、と思った。

（9／41）

金子氏と別れ、幽鬼は帰路についた。二人目の尾行者がここで現れたりなんかしたら面白いなと幽鬼は思ったのだが、そんなことはなかった。平穏無事な帰り道だった。彼女は思う存分、己の手の中にある問題について考えることができた。

カプセル型の発信機だった。

「……ノーと言えない日本人、か……」

金子氏の依頼を、幽鬼は受けなかった。だがしかし断ることもできなかった。捨てていただいてもけっこうですから、ゲームのときまで検討しておいてください――。そう言われ、受け取るだけ受け取ってしまったのだ。イエスとは言わなかったが、ノーとも言えなかった。そんな体たらくだった。

カプセルを包むビニール袋を指でこすりながら、思う。なんだってこんなもの受け取ってしまったのだろう？　これを飲むなんていう選択が、あるわけはないのに。娘を亡くした金子氏には心から同情するが、それとこれとは話が別だ。事がばれたら幽鬼の命はまずないだろうし、ゲームがなくなれば、幽鬼だって困ってしまう。九十九回を生き延びるという、心に誓ったミッションを失ってしまうのだから。

しかし、それを声に出して言うことはできなかった。

揺らいでいるのだ。

しばらくの不調で、自信を削られている。プレイヤーとしてちゃんと生きている、という自負がなくなっている。私は九十九回クリアを目指してます。だからこの話をお引き受けすることができません——。そう口にするのが、恥ずかしいと感じている。

幽鬼はビニールのチャックを外し、カプセルを手に取った。幽鬼の小指ほどの太さがある、大きなカプセルだ。

いっそのこと飲んじまうか、という考えが頭をよぎった。ふたつの問題がいっぺんに解決するからだ。飲んだからには、それが腹の中にあるうちはゲームに出場できない。次のゲームの参加は見送るしかないだろう。数日すれば排泄物に混じってトイレに流れるわけだから、体よくカプセルを始末することもできる。いいことずくめだ。

しかし、にもかかわらず彼女がカプセルを飲まなかったのは、幽鬼はあまりカプセルというものが得意ではないからだった。こんなもの飲んだら、喉に詰まるのではないかと不安になる。だから水なしではとても飲めない。ゲーム前に渡される睡眠薬だって、いつも目をつぶって、にんじんを食べる子供のように勢いをつけて飲んでいる。これを飲むには準備が必要だ。幽鬼はカプセルを握ったままボロアパートの我が家に戻った。

建物の前に、車が停まっていた。

「——こんばんは」

運転席のウインドウが開いた。顔を出したのは、幽鬼のエージェントだった。

幽鬼は、とっさに、カプセルを握った左手を後ろに隠した。握っているのだからエージエントには見られなかったはずだが、しかし不安だった。見つかってしまえば、ゲームが始まるよりも前にアウトである。

　エージェントは、幽鬼の動揺には気づいていないのだろう、いつもの調子で言った。

「ゲームへ招待に参りました。準備はお済みですか？」

「あ。はい」

　答えたあとで、幽鬼ははっとした。

なに言ってるんだ。なに勢いで答えてるんだ。

　エージェントは後ろのドアを開けた。「どうぞ」と言った。幽鬼は発言を修正しようと口を開いた。「いや、あの――」

「どうしました？」

「……いえ。なんでもないです」

　幽鬼は、勢いではなく、自分の意志で言った。

　これもありか、と思ったのだ。引くも地獄で進むも地獄。であるならば、流れのままに任せるのもありかと思った。来るもの拒まず、その場で召集に応じるのが幽鬼のスタイルだ。だったらそれを貫くまでである。発信機は、こっそり窓から投げ捨ててしまえばいい。

　幽鬼はセーラー服のまま車に乗った。「それでは、今回もお願いしますね」と言って、エージェントは幽鬼にそれを渡してきた。

　普通の大きさのカプセル錠だった。

むろん、発信機ではない。睡眠薬である。ゲームの場所を秘密にするため、運営が行なっている工夫のひとつだ。飲めばたちまち夢の中、次に目覚めたときにはゲームスタートである。

さらに、「どうぞ」と言って、エージェントは紙コップを差し出してきた。もう一年以上の付き合いになるので、幽鬼が水なしではカプセルを飲めないと、よく知っているのだ。紙コップを受け取ろうとする幽鬼の左手が止まった。発信機を握っているので、このまま受け取ることはできない。幽鬼は先にカプセルを口に含んで、手を空にしてから紙コップを受け取った。

そして、一気に飲み干し、カプセルを喉に通した。

喉に引っかかる感触がいつもより大きめにあった。

己の犯したあまりに重大なミスに、幽鬼は気づいた。

「……!?」

幽鬼は右手を開いた。そこにあったのは、普通の大きさをしたカプセル錠。

睡眠薬である。

じゃあ、今幽鬼が飲み込んだのは?

まずい、と思った。このままゲームを始めてはまずい。幽鬼は腹を押さえた。しかし、いわゆる人間ポンプ——一度腹に入れたものを逆流させるスキルを彼女は持っていなかった。喉に手を突っ込めば吐き出すこともできるのだろうが、そこまで事を荒立てたら、エージェントに不自然がられてしまうだろう。

幽鬼は前を見た。すでに車は発進していた。バックミラーに映るエージェントが、幽鬼に一瞥をくれた。まごついていてはまずいと思った。睡眠薬を飲む仕草をしたのにもかかわらず、眠らないというのはおかしいからだ。睡眠薬ではないなにかを飲んだのか——。そう疑われたら、事が露見するまでに時間はかかるまい。

　やむをえん、と思った。

幽鬼は、眼球を指圧するふりをして、右手の睡眠薬を飲み込んだ。

飲み込んだあとで、己の犯したさらなるミスに幽鬼は気づいた。なんだ。なにやってるんだ私は。車が発進したからって、別に引き返せないわけではなかろう。やっぱり今回はやめにすると断ればよかったではないか。

　しかしもう遅かった。効き目ばつぐん、すぐに眠気が襲ってきた。せめてもの抵抗を幽鬼は試みるのだが、この眠気をはねのけられたことは二十九回の経験のうち一度もなかった。三十回目の今回も、ころりと寝付いてしまった。

　果たして、三十一回目の機会はあるものか。

（10／41）

ゲームスタート。

揺さぶられる感覚とともに、蜜柑（ミカン）は目を覚ました。

（11／41）

全身に痛みが走った。避けがたく目が覚めた。まだ覚醒しきってない頭を左右に動かして、蜜柑（ミカン）は周りを見た。

狭い部屋だった。

体を横たえることすらもできないぐらい、狭い部屋だった。壁に背中を預け、両脚を折り畳み、蜜柑（ミカン）はなんとかその空間に収まっていた。変な姿勢で眠らされていたせいで、けいれんを起こしてしまったのだろうか――。そう考えながら、彼女は立ち上がった。

シャワールームだ、とすぐにわかった。

なぜって、蜜柑（ミカン）が立ったときに、立派なシャワーヘッドが彼女の頭に当たったからだ。

頭を押さえながら彼女はシャワーヘッドに目をやり、それから伸びるホース、水栓、鏡、各種お風呂用品を納めた小物入れ、タオル掛けとそこにかかっている薄手のタオル、天井近くから飛び出ている丸型のライトと、部屋内のものをひととおり確認した。見れば見るほどシャワールームだった。

シャワールームというと壁がガラスでできているものも多いが、たった今蜜柑の周りにあるそれは、白塗りだった。外の景色は見えない。蜜柑は取っ手についていたロックを外し、少しだけ扉を押して、外をのぞいた。

扉を開けたのにもかかわらず、白かった。

湯気だった。

霧ではなく湯気だと思ったのは、開始場所がシャワールームだったからだ。湯気を通したその奥に、タイルの床と壁、湯を張った浴槽が複数見えた。ゲームの舞台は大浴場なのだ。

こんなにも湯気が深く立っているとなると、運営の悪意を感じないではいられない。足元に気をつけないといけないゲームなのだろうと蜜柑は予想し、十分に注意しつつシャワールームから出た――

ところで、自分が全裸であることに気づいた。

「……っ!?」

蜜柑はあわてて部屋に戻った。

扉を閉めた。自分の姿が、外から見えないようにした。

自分の肩を蜜柑は抱く。全裸。全裸だ。生まれたままの格好。一糸まとわぬ格好。なんで全裸なんだと蜜柑は自分に問いかけた。お風呂だからだ、と自分自身に答えを与えた。

お風呂だからだじゃないよと自分自身に突っ込みを入れた。都会に初めてやってきたおのぼりさんのように蜜柑はきょろきょろとした。この部屋にもカメラはあるのだろうか。どこかから、のぞかれているのだろうか。

　このゲームはショーである。プレイヤーは絶えず、〈観客〉のみなさまに監視されている。蜜柑は今回が五回目のゲームであり、そしてこれまでにもきわどい衣装はあった。金のためだと思って受け入れた。しかし、いくらなんでも全裸というのは――。

　蜜柑は、カメラを探すのとはまた別の目的で、きょろきょろした。〈衣装〉を探すためだった。このゲームには毎回、良くてコスプレ、悪くて露出狂みたいな衣装が用意されている。今回はないのだろうか。まさか、風呂場だから〈なし〉だというのか。すっぱだかでゲームをしなきゃいけないのかと絶望的な気分が込み上げてきたそのとき、蜜柑は壁にかかっているタオルを発見した。なるほど、これで隠せということか。タオルを体に巻いて、蜜柑は鏡を見た。いくぶん文明人に近づいた自分の姿を目に映して、アダムとイヴもこんな気持ちだったのかなと、分相応ではないことを考えた。

　改めてシャワールームを出ようとしたところで、蜜柑は、さらなる発見をした。

　視界の端、お風呂用品を収めている小物入れの奥に、光るものがあるのが見えた。

「……？」

　目を凝らす。

　金色、に見えた。これが銀色ならあるいはスルーしていたかもしれない。しかし金色というのは、資本主義社会に生きる人間の心をくすぐるものだ。蜜柑は片手を使って、小物入れの中身をどけた。

金色の下足札があった。

（12／41）

下足札というのは、銭湯の下駄箱で、鍵の代わりに使用する木の札のことである。下のほうに切れ込みが入っていて、あたかもそれが足のように見えるから下足札——というわけではなく、座敷へ上がるときに脱いだ靴を下足というので、それの預かり証という意味での、下足札。いつ覚えたかもわからないそんな知識を、蜜柑は思い出した。

金色の下足札だった。表面には大きく〈17〉と刻印されている。蜜柑がそれを手に取ってみたところ、予想外に重かった。一キロか、いやそれ以上か。いずれにせよ木製ではありえない重さだった。ただ金箔を塗っているのではない。純金——とまでは断言できないが、中身に金属が詰まっていることは確実だ。

蜜柑は、その下足札を運んだ。

シャワールームの外だった。湯気がもくもくとしている浴場の中を、足を滑らせぬよう、気をつけながら歩いていた。この札はゲームのキーアイテムに違いない、と蜜柑はにらんでいた。純金でできているのも、ずっしりと重いのも、〈価値がある〉ことを暗示するものだ。その上、ただの延べ棒ではなく、下足札の形をしているとなると、経験のあるプレイヤーなら誰でも、ひとつの推測を頭に描くことになるだろう。

この札を、出口まで運ぶ。それがゲームの要件なのだ。

少し特殊な脱出型のゲームということである。ただこの風呂場を出るだけではいけない。プレイヤーは会場内の下足札——その多くは巧妙に隠してあるのだろう——を見つけ出し、下駄箱（げたばこ）から履き物を回収した上で脱出しないといけない。その道のりを、この深い湯気と、それにまぎれたトラップが邪魔する。

トラップを警戒して足元に気をつけつつも、蜜柑（ミカン）の顔はほころんだ。運がいい、と思ったのだ。蜜柑（ミカン）のシャワールームに下足札があったこと、それをうまく発見できたこと。おそらくは最後の参加になるだろうこのゲームで、脱出型に当たったのもついてると思った。対戦型に比べて、プレイヤーの生還率が高いからだ。

重ねて幸いなことに、出口もすぐに見つかった。

濃い湯気の中でも、すぐにわかった。いや、湯気が深かったからこそ、わかったというべきか。ほかと比べてひときわ湯気の濃い一角があったのだ。それが意味するのは、水蒸気が水滴化するほど温度が低いということ。扉が開いているということだ。

一寸先も見えない霧に、蜜柑（ミカン）は突入する。

ますます警戒を強めて、ゆっくりとタイルを踏みしめる。

幸いなことだけを語るとするなら、その警戒の義務も、すぐに解かれた。

蜜柑の両足からタイルを踏む感覚が消えた。体が浮き、後ろに倒れた。したたかに背中を打ち、足払いを受けたのだと悟ったときにはもう遅かった。ばたばたと、ばたばたと、ばたばたと、いくつあるのかもわからない裸足の足音が蜜柑を取り囲んだ。

足音と同数あるのだろうたくさんの腕が、湯気の中から伸びてきて、蜜柑の全身を封じた。彼女のトレードマークたるオレンジの髪が頭皮ごと引っ張られた。触られるだけでくすぐったい首がそう感じないほど乱暴に絞められた。肉というより骨をつかむような形で肩を押さえられ、胴体には数人分の体重が乗ったのを感じた。ただでさえうっすらとしていた視界はタオルで塞がれ、捕まるまいと必死に暴れさせた両脚は三秒ともたず、いやだいやだやめてと叫ぶ口もまもなく開閉できなくなった。

もちろん、下足札を持つ両手も、例外ではなかった。

一人分の足音が聞こえた。蜜柑の札が持ち去られたのだろうことを、おのずと理解した。が、もうすでに蜜柑は、札のことなどどうでもよくなっていた。怖いということに、頭が支配されていた。たくさんの気配がする。たくさんの女の子に押さえられている。肉に食い込む細い指を、蜜柑の肌にもどかしく触れる彼女らの髪を、かけられている体重を、水を含んだ肌の感触を、体温を、息遣いを、その暴力的な心の中すらも感じて、くらくらした。私はこれからどうなるんだ。札は奪った。そのあとはどうする。用済みになったこの私はどうなる?

答えはすぐに与えられた。胴体にあった数人分の体重が消え失せて、蜜柑はタイルを引きずって運ばれた。出口まで案内してくれるのかな、とは思わなかった。

頭から肩にかけてが湯船に沈められたとき、蜜柑は己の運命を悟った。

ちょうど息を吸うタイミングでそうなってしまったので、彼女は、溺れた。精神的にはすでに降伏していたのだが、本能が抵抗させた。が、その本能は、十数人の女の子が蜜柑を取り押さえるのに使っている理性の合計よりもはるかに小さいものだった。鼻の奥にかつてない痛みを感じながら、蜜柑は、ひとつのイメージを頭の中で結んだ。

病室でたたずむ、自分の弟の顔を。

蜜柑が今回のゲームに生還していれば、救うことができたであろう人物の顔を。

それが最期の抵抗だった。蜜柑の全身から力が抜け、なにもかもわからなくなった。

(13/41)

ゲームスタート。

揺さぶられる感覚とともに、幽鬼は目を覚ました。

(14/41)

全身に痛みが走った。避けがたく目が覚めた。「痛って……」とうめきながら、幽鬼は体を起こした。

狭い部屋だった。

寝転がることさえできないぐらい、狭い。背中を丸め、両方の足の裏を壁につけた姿勢で、幽鬼はその部屋に収まっていた。眠っているときもこの姿勢のままだったのだろう、全身の骨がばきばきと音を鳴らし、幽鬼が寝違えたのだということを報告してきた。

ゲームが始まったようだ。幽鬼は頭に手を当てた。ゲーム開始前の記憶が、少々混乱していた。そう、今回は――幽鬼の分水嶺、三十回目のゲーム。最近は調子がすぐれず、参加を辞退するかどうか迷っていたのだが、勢いに任せて参加することに決定した。それで、エージェントから睡眠薬を渡されて――

「――そうだ」

幽鬼は、腹に目を落とした。彼女は衣服を身にまとっておらず、腹はむき出しだった。その腹が開かれた形跡は見たところなかった。エージェントには気づかれずに済んだのだろうか。うっかり飲み込んでしまった発信機。それは今も、この中にあるのだろうか。

腹の中から、彼女の居場所を、会場の外に送信しているのか。

――やってしまった。そう幽鬼は思った。口には出さなかったのがせめてもの幸いか。

発信機を飲んでゲームに参加した。金子氏の依頼を引き受けてしまった。このゲームを壊滅させる、手伝いをしてしまった。いったいなにをやってるんだ私は――。ばかじゃないのか、カプセルを飲み間違えるなんて。幽鬼は深く――自分が現在まっぱだかの姿を〈観客〉連中にさらしていることよりもよっぽど——恥ずかしさを感じた。

自らを囲む白い壁に、幽鬼は目をやった。外はどうなってる。もう、終わったのか？　このゲームは終了してしまったのか？　それともまだか？　いや、そもそも、金子氏ら〈被害者の会〉は、どういう手順で事を進めるつもりなのだろう？　ゲームの開催場所を特定して、それからどうする？　〈あとはわたくしどもの手でやります〉とは言っていたが、それは今回で終わらせてくれるという意味なのか？　それとも、今回は〈下調べ〉なのか？　引き受けるつもりなんてなかったものだから、そのあたりの話は金子氏からまったく聞いていない。私はどういうスタンスで行動すればいいのか——。

幽鬼は、自分のほおを強く叩いた。

痛かった。うわついていた魂が、体に戻ってきた。落ち着け、と言い聞かせた。発信機のことは気にするな。〈飲み込むだけでいい〉と金子氏も言っていたではないか。これを飲んだからって、幽鬼のやることに変わりはない。生きること。生き延びること。仮にこれが最後のゲームで九十九回クリアの目標が失われるのだとしても、死ぬのはごめんだ。しっかり生きるという志までも失いたくはない。

幽鬼はもう一度ほおを叩いた。

それで、頭を切り替えた。——実際には全然うまくいかなかったのだが、少なくとも、ゲームに集中しようという気持ちは発揮できた。

自分の置かれた状況に目を向ける。シャワールーム——と思しき空間に幽鬼は寝かされていた。扉を開けて外をのぞくと、大浴場だった。これまでの人生で見たどんなお風呂よりも湯気がもくもくと立っていた。おそらく、わざとそうしているのだろう。〈目くらまし〉というわけだ。

続いて自分自身にも目を向けた。服は脱がされていた。全裸だった。風呂場だからだろう、今回のゲームの衣装は〈なし〉なのだ。奇をてらいやがって、と思う。壁にかかっていたタオルを幽鬼は巻き、隠すべき部位だけはなんとか隠した。

そのままシャワールームを出ようとしたのだが、その折、視界の端に光るものを発見した。

排水口の奥だった。フィルターの中に、金色の下足札があった。

〈9〉と大きく印字されていた。

（15／41）

幽鬼はシャワールームを出た。

さっきまで自分がいたその場所を、幽鬼は観察する。電話ボックスのような、あるいは仮設トイレのような、必要最低限の大きさしかないシャワールームだった。シャワーユニットと表現したほうがいいかもしれない。よく見ると、壁面にこすった跡と思しきものがある。さらによく見れば、周辺の床に、それと対応する位置関係で削れた跡が見られる。

このシャワールームが床下からせり上がってきたのだということを、それらは暗示していた。幽鬼が目を覚ますときに感じた、揺さぶられる感覚。あれは錯覚ではなかったらしい。地上に排出するときの衝撃で、幽鬼は叩き起こされたのだ。

シャワールームで発見した下足札を、幽鬼は両手に抱えていた。ゲームのキーアイテムだと思ったからだ。これを下駄箱まで持っていき、履き物を回収して外に出ろ、ということなのだろうか。とすると脱出型なのか。これだけではまだ、ゲームの全貌はわからない。

警戒しつつ歩く。シャワールームの外は、風呂場だった。あるものを列挙すると、まず、霧の都ロンドンもかくやというほどの、濃い湯気。水滴が体に当たる感触を感じられるほどであり、幽鬼の視界に大幅な制限をかけている。

床は全面タイル張りだった。先の湯気のせいでたっぷり水分がのっていて、気をつけて歩かないと転んでしまいそうである。床というより〈道〉と表現したほうがいいぐらい、その道幅は細かった。道の両側にずらりと並ぶ浴槽が、それを細いものにしているのだ。湯船からすくってみたところ、普通の湯である。薬湯もあればジェットバスもあり、電気風呂と表示が出ているものもあった。体がばきばきに寝違えていることだし、怪我のないうちにちょっと浸かってやろうかとも幽鬼は思ったのだが、やめにした。

また、幽鬼が出てきたのと同じ、シャワールームも随所に見られた。その扉はひとつ残らず開いており、ほかのプレイヤーに比べて、幽鬼が出遅れたのだということを示していた。

その〈ほかのプレイヤー〉には、すぐに出会うことができた。

幽鬼の前方から、湯を使う音が聞こえてきた。

目を凝らす。奥の浴槽に、人影が見えた。かなり遠いので確かなことはいえないが、たぶん、三人分。かけ湯をしているというよりは、浴槽の中で動き回っているような、そんな音だった。

幽鬼はその浴槽に近づいた。人影がはっきりしてきたところで、向こうも幽鬼に気づいたのだろう、音が止んだ。

それに構わず進んでいると、

「何者だ？」

そう、声が飛んできた。警戒を含んでいるのだろう、低い声だった。音量としてはあまり大きくなかったのだが、辺りに水分が充満していたためか、幽鬼の耳にその声はよく届いた。

「あー、あの、私ついさっき――」

目が覚めたところなんだ、と言おうとした。

言うことはできなかった。

なぜなら、幽鬼が口を開いた直後に、人影のひとつが動いて、なにかが空を切る音がしたからだった。

とっさに、伏せた。

頭の上で、風が起こったのを幽鬼は感じた。

少し遅れて、からんからんと、なにかがタイルを転がる音がした。その方向を幽鬼は見たが、湯気に隠れて飛来物の正体は見えなかった。確認しに行ってもよかったが、今は発射元のほうが優先だろうと判断した。

幽鬼は前に直る。ばしゃばしゃという音とともに、人影は三つとも湯船を上がっていた。足元に気をつけながらそれを追いかけた。

足元に気をつけていたので、四人目が浴槽の縁で身をかがめていたということに、幽鬼は一足早く気がつくことができた。

四人目の手が動いた。幽鬼の足を狙っていた。その手になにか持っているということが湯気の中でも確認できたので、幽鬼は反射的に両脚を床から離した。つまり——前方にダイブしたのだ。空中にいる間に、戦うには邪魔になる下足札を浴槽に放った。どぼん、と音がしたのと同時に、幽鬼は両手から着地し、タイルの床をつるつると滑りながら振り返った。

すると、その四人目はすでに、幽鬼の眼前に迫っていた。

幽鬼の顔面に振るわれつつあったその右手の手首をつかんだ。攻撃を防ぐことには成功したのだが、体勢が整っていなかったため、押し倒されてしまった。彼女の左手が幽鬼の肩を押さえた。彼女の膝が幽鬼の腹の上にのった。

湯気の中でも確認できるぐらい、互いの顔が近づいた。

幽鬼の両目が驚きに見開かれた。

男の子じゃないか、と思ったのだ。

が、幽鬼はすぐに、その判断を取り消した。少年っぽい顔つきをしてはいたものの、その首から下は――体に巻かれたタオルを剥いで証拠を確認するまでもなく――明らかに女性のものだったからだ。きわめて少年のようではあったが、少女だ。幽鬼はほっとした。十二歳以下なら男子でも参加可能になったわけではないようだった。

その娘の右手に目を向けた。その手には、凶器が握られていた。――鏡の破片だった。現在、幽鬼が手首を締め上げているその手には、凶器が握られていた。

あれを割って生み出したのだろう破片を、あたかも刃物のごとく使用しているのだった。破片と右手の間に、布が巻かれているのを併せて確認することができた。タオルの切れ端を巻いて、〈持ち手〉にしているのだ。芸が細かいなと心の中で幽鬼が賞賛を送った、まさにそのときだった。

少女の右手が、ゆるんだ。

必然、鏡の破片を活用したナイフは、重力にしたがって落ちてくる。

それをかわすこと自体は難しくなかった。マウントポジションこそ取られているものの、首を動かすことはできたからだ。が、問題は、目の前に物体が迫ってきたことで、幽鬼（ユウキ）がうっかり目を閉じてしまったことにあった。幽鬼（ユウキ）を害してやろうという存在が至近距離にいるというのに、それは、顔面にナイフを刺されること以上にあってはならないことだった。

右のほおから頬骨（ほおぼね）にかけて、痛みが走った。

殴られたのだ。

幽鬼（ユウキ）が目を開けた直後に、二発目が入った。視界が揺れた。それが治まるとともに、左手を引く動作を彼女がしたのを確認できた。左で殴っているのだ。

幽鬼（ユウキ）は右手をあげて防御しようとするのだが、そこで、彼女のマウントポジションの巧みさに恐れ入ることとなった。途中で、浴槽の縁に引っかかってしまった。右肩が縁に押しつけられているため、右腕を自由に動かせないのだった。まずは距離を空けないといけない。幽鬼（ユウキ）は、四発目、五発目のパンチを受けながらも、両脚を懸命に動かして、自分の体を相手もろとも数センチ左にずらした。

そして、右腕で、彼女の顔面にカウンターパンチを入れた。

殴るのに必死で、幽鬼（ユウキ）が反撃の体勢を整えていたことに気づかなかったのだろう、その一発は彼女をたいそうひるませた。その隙に幽鬼（ユウキ）は彼女の肩をつかみ、引き寄せるとともに、背筋の力だけで上体を起こして頭突きをきめた。生物に当然の反応として、彼女は体を後ろにそらした。重心を後ろにずらした。

そんな彼女の胸を、幽鬼は両手でどんと突いた。

それをもって幽鬼へのマウントは解消された。逆に、背中をタイルに打った彼女に、幽鬼はマウントポジションを取った。彼女が落とした鏡のナイフもその最中にちゃっかり入手し、首に突きつけた。あと一ミリグラムでも体重を乗せたら肉を裂くというぐらい、ぎりぎりの力をナイフに与えた。

彼女は抵抗をやめた。

死んだのではない。敗北を、認めたのだ。

「何者だ？」

幽鬼は言った。なんとなく、同じことばで聞き返してみた。

「なんで、ほかの三人は逃げたの？　一人だけ残ったのはどうして？」

少年のような少女は、答えない。「答えてよ」と幽鬼は言う。

「さっき言いかけてたことなんだけど、私、起きたばっかりでさ。ゲームのことなんもわかんないんだよ。知ってること教えてほしいんだけど」

そのことばに、「……は？」と少女は反応を見せる。

「あんた、玄関の連中じゃないのか？」

「玄関？」

「新しいプレイヤー……？　こんな時間に？」少女は目を丸くしていた。

「悪いけど、ロングスリーパーでね。いつも参戦が遅れるんだよ」

「………」

彼女は長らく黙ったのち、言った。

「わりい」

（17／41）

少年のような少女の顔から戦意が抜けたのを受けて、幽鬼もナイフを下げた。浴槽に放った下足札を回収して、「ついてきな」という彼女の歩みに従った。

少年のような少女は吾妻と名乗った。

「ゲームはこれが七回目だ。よろしく」

さっきまで殺し合いをしていた相手に、〈よろしく〉を言う。このゲームではままあることだった。幽鬼は特に疑問も持たず「よろしく」と返した。

そして自己紹介をしようとした。「私は——」

「幽鬼さんだろ、あんた」

「え。もしかして、どっかで会ったことある？」

「いや、初対面だけど、話には聞いたことあったからさ。幽霊みたいな見た目の、ベテランプレイヤー。噂通りの腕前だな」

そう言って吾妻は、自分の首を触った。さっきの格闘でできた切り傷が、そこにはあった。

会ったことのないプレイヤーに名前を知られている——。幽鬼（ユウキ）には初めての経験だった。プレイ回数も三十にさしかかって、少しずつ、大物の仲間入りをしてきたということなのかもしれない。

「敵じゃなくて助かったぜ」

「お察しの通り、幽鬼（ユウキ）です」彼女は言った。「ゲームは三十回目。大事なところなんで、がんばらないとなーって思ってます。よろしく」

「三十……なるほど、節目だな」

吾妻（アズマ）は言った。〈三十の壁〉のことは、彼女も知っているようだ。

「ところで、私たち、今どこに向かってるの？」

前を歩いている吾妻（アズマ）に、幽鬼（ユウキ）は聞いた。

「もしかして、〈これ〉を使うところ？」と言い、幽鬼（ユウキ）は下足札を示した。

「いいや。位置的には、その真逆だ」

「……？」

「着いたぜ」

いっとう湯気の濃くなっている一角があった。吾妻（アズマ）を追って、幽鬼（ユウキ）もそこに突入した。彼女との距離は一メートルもなかったはずなのだが、うっかりすると見失いかねないぐらいに、視界が悪かった。

「何者だ?」という声がどこからかしてきた。「怪しい者ではござあせん」と、吾妻は返答した。その後、彼女と謎の声は何往復かのやりとりをした。なるほど、さっきのあれは合言葉だったのだな、と幽鬼は思った。正しく返答できなかったから、敵であるとみなされたわけだ。

「通れ」と言われて、吾妻と幽鬼はさらに進んだ。やがて湯気は薄くなり、気温は低くなり、やわらかな光が降り注いできた。幽鬼の目に飛び込んできたその場所は――。

「……露天風呂?」

「俺たちのアジトさ」吾妻は言った。

露天風呂だった。岩で囲われたひとつの大きな浴槽が、ずっと奥まで続いている。水深は幽鬼の膝を少し上回るぐらい。浴槽の周囲は林に覆われていて、そのさらに向こうには、かなり背の高い竹を並べた壁が見えた。あそこまでがゲームエリアということだろう。

吾妻と幽鬼は奥に進んだ。しばらく湯船をざぶざぶとやって、一番奥にたどり着くと、そこには吾妻のチームメイトたちが集まっていた。吾妻の姿を認め、「お帰り」「お疲れさまです」と、彼女らは口々に言った。幽鬼に視線を飛ばしてきた者もあったので、「どうも」と幽鬼は会釈をした。

頭をへこへこさせつつも幽鬼は娘さんがたを観察した。全部で、九人いる。あの三人だけが仲間なのではなかったらしい。湯気の中にいた見張りや、さっきの三人のような内湯に出ている者を計算に入れれば、チームの総人数は十五人というところだろうか。彼女ら

の大半は幽鬼同様、なんの衣服も着ておらず、タオルを巻いて防御するのみだったのだが

——「えっ」

「あの、吾妻さん」

「なんだ？」

「バスローブ着てる娘が何人かいるんだけど、あれは？」

「ああ……。敵からの略奪品だよ。着てるやつから奪い取った。どうも、脱衣所に若干数、用意されてるらしいな」

「脱衣所があるの？」

「俺たちはまだたどり着けてないけどな」

　吾妻はその場に腰を下ろした。露天風呂に肩まで浸かった。「あんたも浸かりなよ」と勧められ、幽鬼もそうした。

「まずは……繰り返しになるが、悪かった」と吾妻は頭を下げる。

「目覚めたばっかりのプレイヤーっていう可能性が、見えてなかった。考えてみりゃ、連中が単独で動くはずないもんな。勇み足で敵対行動をとってしまい、申し訳ない」

「謝らないほうがいい」とんでもないというふうに幽鬼は両手を前に出した。「お互い怪我もなかったし、気にしないで」

　吾妻はうなずいた。

「あの、ちなみに、今ってゲーム開始からどのぐらい経ってるの？」

「時計がないからわかんねえけど、何時間かは経ってるはずだぜ。おそらくあんたで最後だ」

ひでえ寝坊だ、と幽鬼は思った。スタートが遅れるのはいつものことだが、数時間などという長時間にわたったのはこれが初めてだった。誤解を受けて当然である。

幽鬼はさらに考える。なんで今回はそんなに遅れたのだろう？　偶然眠りが深かっただけだろうか。それとも、運営の手で調整されたのか——。幽鬼の手が腹を撫でた。

「これからゲームのルールを説明するが……その前に、あんたにひとつ、了承してほしいことがある」

「なに？」

「あんたの持ってる札、うちの陣営でキープさせてくれねえかな」

幽鬼は横を見た。岩の上に置かれているのは、純金製の下足札。このゲームの鍵であると、幽鬼がにらんでいるもの。

「つまり、俺たちのチームに入ってもらうってことだ。ゲームの現状を聞いてもらえればわかることなんだが、このゲーム、ソロで攻略するのは不可能に近い。俺たちのほかにもう一個のチームがあるが、そっちは新規の加入を受け付けていない。だから、あんたにとっても、これがいちばん得になる選択のはずだ。いいかな」

「いいよ」

幽鬼は即答した。ここは、ルールを聞き出すのが最優先だと思ったからだ。

下足札を吾妻に差し出した。「ありがたい」と彼女は言ってそれを受け取り、仲間の一人に渡した。その娘は、露天風呂を囲む林の中に消えていった。下足札の〈隠し場所〉に向かったのだろう。

「このゲームは、大きく三つのエリアに分かれてる」と、吾妻は語り始めた。

（18／41）

一つ目は、幽鬼たちのいる、この露天風呂のエリア。ひとつの大きな湯船を、林が取り囲んでいる。吾妻のチームが本拠地として使っている場所だ。隠れる場所がいくらでもあり、また、出入り口が濃い湯気に覆われているので、守りやすく攻めにくい。

二つ目は、幽鬼たちプレイヤーの初期配置場所である、内湯のエリア。各種浴槽が短冊状に並んでいる。普通の大浴場としてはありえない広さ、かつ配置であり、このゲームのためにわざわざこしらえた施設だということがうかがえる。浴槽の中には下足札が若干数、隠してあるらしく、さっき吾妻たちが湯船に浸かっていたのも、それを探すための行為だったようだ。

三つ目。風呂場を抜けた先にある、脱衣所から玄関にかけてのエリア。下足札を使用するための下駄箱がある――と思われるのだが、吾妻たちも実際に見たわけではなく、彼女言うところの〈玄関の連中〉から聞き出した情報である。露天風呂のエリア同様、出口付近には湯気の濃い一画があり、待ち伏せをするには絶好のポイントとなっている。

　露天風呂から内湯、内湯から脱衣所へは、それぞれひとつの出入り口があるのみであり、裏道抜け道等々は、少なくとも、吾妻たちの調べた限りにおいては存在しない。

「肝心のルールだが、脱出型だ」と、吾妻は説明を続ける。

「あんたもたぶん察してるんだろうけど、あの札がキーアイテムだ。あれを持って風呂場を出て、玄関に赴き、下駄箱から履き物を回収して、建物を出ることができればゲームクリア」

　うんうん、と幽鬼はうなずく。

「ただし、普通の脱出型と違うのは、トラップがないということ。全部見回ったわけじゃねえから絶対とはいえないが、少なくとも俺たちはまだ、トラップに遭遇したことは一度もない。このゲームには、それよりもっとえげつない仕掛けがしてあるのさ。……あんたの部屋には、札が隠してあったかい？」

　嘘をつく意味はない。「うん」と幽鬼は正直に答える。

「俺のところにはなかった。ほかのメンバーに聞いても、あったやつとなかったやつがいた。プレイヤーの数に対し、札が足りないのさ。つまり――」

「脱出できる人数が、最初から限られている」幽鬼が続きを言った。

　ゲームの難易度調整がしやすいのだろう、クリア人数があらかじめ定められているゲームは、数多い。幽鬼の経験上、そうしたゲームの生還率はおよそ七割ほどに設定されているので、プレイヤー数を七掛けした枚数、下足札は存在しているものと考えられる。

「枠が限られてるってことは、必然、プレイヤー同士で札の奪い合いになるね。対戦型のゲームでもあるわけだ」

「幽鬼（ユウキ）さん。もしもあんたがもっと早く目覚めていたとして、シャワールームに札がなかったとしたら、どう行動する？」

「まあ、とりあえず出口を探すだろうね」

「それで、玄関にたどり着いて、札が必要だとわかったとすれば？　下足札を探しに風呂場に戻るか？」

「戻らない」即答だった。「札を持ったプレイヤーが、玄関にやってくるのを待つ」

今回のようなキーアイテムが存在するゲームには、主要な攻略法が二通りある。アイテムを素直に〈探す〉か、持っているやつから〈奪う〉かだ。自分の実力に自信があるなら、後者のほうがよっぽど楽である。

「だろうな。俺もそうするぜ。だからゲーム開始直後、玄関付近には大量のプレイヤーが溜（た）まった。なにも知らない羊がのこのこやってくるたび、たった一枚の札を全員で奪い合いだ。幽鬼（ユウキ）さん。この状況であんたならなにを考える？」

「徒党を組む」またも即答だった。「いちいち全員と争うなんて、非効率きわまりない。何人かで協力して、人数分の札を確保することを考えるかな」

「そうだ。玄関のプレイヤー連中は互いに結託するようになった。人数分の札を確保しないと帰れないんだから、玄関にプレイヤーも札もどんどん溜まっていく。さらにここで重要なのは、チームは大勢で組んだほうが強いっていう当たり前の事実だ。だからチームは吸収合併を繰り返し、総人数もしだいに膨れ上がっていった」

　吾妻は、子供がお風呂場でよくやる、タオルに空気を含めるやつをやった。〈膨れ上がっている〉ということを表現したかったのだろう。

「が、どこどこまでも人数を増やす、ってわけにはいかない。だって、奪い合いになったのは、プレイヤーに対して札の数が足りないからだもんな。これ以上増やしたらオーバーするかもしれないってところで、玄関の連中はチームとして固定された」

「……何人なの？」

「俺たちの推定では、三十人。プレイヤーの過半数を占める、このゲームの最大派閥だ」

　幽鬼は計算する。札の数が三十枚、ということは、総プレイヤー数は五十人弱ということになる。〈キャンドルウッズ〉ほどではないが、かなり大規模のゲームである。足がしびれてきたのだろう、吾妻は、湯船の中で座り方を変えた。「ゲームの流れは、だいたいこんな感じか」と言った。

「俺も実際に見たわけじゃねえから、詳しい経緯は違うかもしれないが……大きく外しちゃいないはずだ。ともかく確実なのはふたつ。玄関付近に、そういうチームが待機していること。そしてもうひとつは、俺たちがそこに入り損ねたってことだ」

　吾妻はチームメイトたちに視線を向けて、

「いわば、俺たちは〈出遅れ組〉なのさ。あんたと立場は同じだ。札を持ってってても玄関の連中に奪われるだけなんで、仕方なくここに潜んでる。できることって言ったら、こつこつ湯船を探して、一枚でも多く札を確保することぐらいだな」

吾妻は幽鬼に目を合わせた。「説明は以上だ。なにか質問はあるかい？」と聞いてきた。

「そうだな……」幽鬼は少考して、「〈推定では三十人〉って言ってたけど、数字の根拠は？　札の番号から？」

下足札に書かれた番号。幽鬼のそれには〈9〉とあった。番号の数だけ札があるのだろうということは、想像に難くない。

「それもあるが、シャワールームの数も根拠だ。全部で五十個ほどあったから、プレイヤーの平均生還率である七割をかけて三十五。すでに使われた札もあるだろうから、少なめに見積もって三十」

それがあったか、と幽鬼は思った。プレイヤーが入れられていた、電話ボックスほどの大きさをしたシャワールーム。あれの数は、そのままプレイヤーの数に等しい。

「こっちのチームは、全部で何人いるの？」幽鬼は質問を続ける。

「俺とあんたを入れて、十二人。玄関の連中と俺たち以外に、ほかのチームはいないな。中立のプレイヤーや、まだシャワーユニットで寝てるプレイヤーも、さすがにもういないと思う」

「確保してる下足札の数は？」

「あんたのを入れて、十枚だ。もとから部屋にあったのが八つで、湯船から回収したのが二つ」

多いな、と幽鬼は思った。札の総数が三十枚であることを考えると、かなりの数である。ここに札がキープされている限り、玄関のチームが全員揃って脱出できる見込みは、まずありえない。

だとすれば、彼女たちの次の一手は——。

「玄関のチームは、こっちのチームに対してどういうスタンスなの？　ここにある札を、奪いに来たりはしないの？」

「今のところはまだ、ないな。お互い、平和に湯船の中を探し回ってるよ。新しく見つかった札をめぐって争うことは何度かあったけど、せいぜい局所戦だ。俺たちが十枚も持ってるなんて向こうは知らないわけだから、探索して見つかる分で、数が足りるかもしれないって思ってるんだろう」

だけど、と吾妻は声のトーンを変えた。

「それもずっとは続かないだろうな。いずれは向こうもしびれを切らして、こっちに乗り込んでくるはずだ。だからまあ、こんなふうに、いろいろ準備を進めてるんだけど……」

〈こんなふうに〉と言いながら吾妻が手に取ったのは、さっき幽鬼を苦しめた鏡のナイフだった。幽鬼も一度手に取ってみてわかったのだが、ただ破片に布を巻いてあるだけでなく、人の肉を裂くことができるよう、しっかりと尖らせてある。

「すごいね、それ。耐久性だけ心配だけど、それ以外は全然問題なく使えそうだ」

「あんたみたいなプロにそう言ってもらえて光栄だけどな……。正直なところ、どうだ？　あんたの目から見て、俺たちにまだ、生き残りの目はあると思うか？」

幽鬼は、吾妻を見た。

それから、吾妻のチームメイト――もとい幽鬼のチームメイト――へ、視線を一周させた。

「大丈夫」

幽鬼は答えた。

「人数こそ不利だけど、こっちが有利な要素もいくつかある。鏡のナイフのこともそうだし、向こうが攻め手に回らざるをえないというのもある。それに……ほかの娘はどうかわからないけど、吾妻はかなりやるみたいだしね。どうにかなる、と思う」

社交辞令ではなかった。向こうが三十人でこっちは十二人。そのぐらいの不利なら、今までのゲームにも何度かあった。それに、このゲームは対戦型ではなく、脱出型なのだ。必ずしも真正面からやりあう必要はなく、相手チームをうまくいなして、脱出するという方針もとれる。幽鬼の感覚では、この程度のことはピンチにも数えられない。

が、口でこそたのもしく〈大丈夫〉と言いはしたが、幽鬼はそのじつ不安を覚えていた。不安要素のひとつは、彼女が本調子ではないということだった。どこか歯車のずれた感覚。〈三十の壁〉を意識するがゆえのぎこちなさ。その不調は、カプセルを飲み間違えるという大失態を犯したのにも見ることができたし、先ほど吾妻に殴られ、いまだに痛む右ほおにも見ることができた。〈三十の壁〉――。幽鬼の師匠たる白士は、〈呪い〉と呼んだ。まさしくそう形容するにふさわしい気持ち悪さを、幽鬼は今、覚えている。

不安要素のもうひとつは、玄関のチームを統率するリーダーのことだった。三十人の大所帯であることに加えて、ゲームのルールに規定されているのではない――つまり〈裏切り〉の可能性がいくらでもある協力関係。管理には相当の苦労をするはずだ。素人ではないだろう、と幽鬼は思う。二十番台か、三十番台か。いずれにせよ経験の豊富な、幽鬼に勝るとも劣らない腕のプレイヤーであるはずだ。おそらくは幽鬼も、一度ぐらい顔を合わせたことのあるプレイヤーのはずだ。

敵の大将――一体誰なんだ？

（19／41）

下駄箱の前だった。

御城は、マッサージチェアに腰掛けていた。

（20／41）

マッサージチェアは動いておらず、また、電源も入っていなかった。命懸けのゲームの最中に、そんなふざけた真似をするわけがない。御城がそこに座っていたのは、ひとつには、ちょうど下駄箱が目に入る位置に置いてあったから。ふたつには、ほかのプレイヤーに、自分の立場を示すためだった。

御城は横に目をやった。

板張りの床が、段差を境にタイルへと変わっている。この建物の〈玄関〉だ。御城の視点からでは、その先にある出口までは見えなかったが、十メートルほどの距離にあったことを記憶していた。それはそのまま、御城のゲームクリアまでの物理的距離が、十メートルほどしかないということを意味する。

なのになぜ御城が出口に向かわないのかといえば、それは、辺りにただよう肉の焦げた匂いに答えを求めることができた。

玄関では五人のプレイヤーが死んでいた。死因はすべて、感電死だった。あのタイルの領域には、高圧電流の罠が設置されているらしい。五人のうち三人は、御城がここに来た段階ですでに死んでいた。その後、プレイヤー同士の争いで一人が転落して死亡、両足を同時につけなければ電流が流れることはないと主張するプレイヤーが現れ、また一人死んだ。板張りの床を壊して〈下駄〉を自作し、脱出を試みたプレイヤーもいたが、出口付近に設置されていた二丁の銃——反則防止のためのものだろう——が彼女のほうを向いたので、すごすごと引き下がることを余儀なくされた。正しい手順を踏まなければ——履き物のアイテムがなければ帰れないのだと、その場の全員が理解した。

御城（ミシロ）は前方に目をやった。

下駄箱（げたばこ）が並んでいた。銭湯にお似合いな、小さく仕切られたもの。各ブロックの左下には下足札を収める鍵穴がついており、その大半が、すでに相方を見つけていた。開いている下駄箱のすべてに履き物が収まっていること、それを使えば玄関を歩いてもしびれないということ、その両方を御城（ミシロ）はすでに確認していた。

だから、やろうと思えば、今すぐこのゲームをクリアすることはできる。

それをしないのは、御城（ミシロ）が、一人の命ではないからだった。

大規模なグループを御城（ミシロ）は統率していた。このゲームの過半数を上回る、最大派閥だ。全員分の下足札を集めるまでは、ここを出られない。ゲームのルールで定められた協力関係ではないので、裏切って一人クリアしたとしてもペナルティはないのだが、グループ内のプレイヤーと今後のゲームで再会するかもしれないことを考えると、裏切りはうまい手とはいえない。それに、損得を抜きにしても、そんなせこいプレイをする気は御城（ミシロ）にはなかった。

下駄箱の奥から足音が聞こえてきた。玄関と脱衣所を区切るのれんの奥から、少女が飛び出してきた。「やりました！」と言いながら、そのままの勢いを維持しつつ、少女は御城（ミシロ）に駆け寄ってきた。

「あっちのチーム、全滅させてきました！　これで五枚追加です！」

手の中にあるものを少女は御城に見せてきた。ぴかぴかに光る下足札が、彼女の言う通り、五枚あった。

この少女の名前は狸狐という。小動物めいた雰囲気のある、ちっちゃな娘だ。御城とは師弟関係にあたる。三十回目のゲームで出会ったプレイヤーであり、御城によくなついている。

「ご苦労様ですわ」と御城は答えた。

狸狐は、五枚の下足札をそれぞれ、対応する下駄箱に差し込んだ。両手を軽くして、彼女はまた御城の前に戻ってきた。

「それじゃあ、〈いつもの〉、お願いします！」

そう言って、狸狐は目を閉じた。

なにかを期待する表情だった。

「………」

御城は、微妙な顔をした。

そして、自分の左手に目をやったあと、それで狸狐の頭を撫でた。

ふわあ、と狸狐の顔がとろけた。

「毎度毎度、よく飽きませんわね……」

手を動かしながら御城は言った。

〈ごほうび〉だった。師弟関係の続くうち、いつからか要求してくるようになっていた。

人に頭を撫でられることのなにが嬉しいのか御城にはさっぱりなのだが、このとろけきった狸狐を見るに、彼女にとっては快感らしい。

狸狐の指が動いた。〈こっちもこっちも〉というように、喉を指差した。

「…………」

御城は、自分の右手に目をやった。

そして、それを使って、狸狐の喉をじゃらしてやった。

このゲームの〈観客〉にお見せできないぐらい、狸狐の顔がゆるみきった。

「こんなことのために右手を取り戻したのではないのですけど……」

左手を頭に、右手を喉に当てながら、御城は息を吐く。

いつもの風景だった。狸狐とはゲーム中だけでなく、プライベートでもよく会う仲であるのだが、集合時間に遅れなかった等のささいなことでも〈ごほうび〉を要求してくるので、これで何度目になるのか御城には見当もつかなかった。また、最近は狸狐も物足りなくなってきたのか、こんなふうにオプションを求めるようになっていた。今のところはこれで満足してくれているようだが、このままいけばいずれ、三本目の腕を入手する必要が出てくるかもしれない。器量がいいし働き者でもあるし、これさえなければ文句なしにかわいい後輩なのだが、と御城は思っている。

手が疲れてきたところで御城は切り上げた。「おしまいですわ」と言って、狸狐の両ほおを軽く叩いた。

「ふあい、ありがとうございます……」

「ゲームはまだ続いてますのよ。しゃんとしなさいな」

「……はい！」狸狐は自分でもほおを叩いて、「次は、向こうのチームを攻めればいいですか？」

「いいえ。もう少し待ちます。風向きが変わってきましたので」

「？　なにかあったんです？」

「斥候に出した娘たちが帰ってきません。捕まった——もとい、殺されたと見るべきでしょう。今まではせいぜい応戦してくる程度でしたのに、ここにきて、攻めっ気を発揮してきましたわね」

「腹をくくって攻めてきた、ということでしょうか」

「あるいは、誰か増えたのかもしれませんわね。ついさっき目覚めたプレイヤーがいて、向こうのチームにつき、彼女たちに影響を与えた」

「……こんな時間に、ですか？」

このゲームでは、各プレイヤーのスタート時刻がばらついている。シャワールームが地上に排出されるまでは、あの中から出ることはできず、ゲームを開始できない。

早い者勝ちのこのゲームで、起床時刻に差を設けるというのは一見するとアンフェアであるが、そうしたほうが面白いと運営は考えたのだろう。実際、このゲームは、ルールからは想像もできない展開へと転がっている。

「もし捕まってたとしたら……ばれてますよね」脱衣所に目を向けながら狸狐は言った。

「騙そうとしていたわけでも別にありませんし、問題はありませんわ。……とにかく、今は体を休めなさい。奇しくも銭湯なのですから、少し浸かってきてはいかがですこと？未回収の札がないか、ついでに探してきてくださいな」

「わかりました！」

額を叩き割るような激しい敬礼を狸狐は行なって、

「それじゃあ、失礼します！」

行きと同じく、ばたばたと板を踏んで狸狐は姿を消した。人混みを抜けたときのような、解放感をともなった静けさが、御城に訪れる。

御城は、背もたれに体重を預けた。「あいかわらず、元気な娘ですわね……」と言った。なんというか、他人の元気を吸って生きているタイプの娘である。二分か三分話しただけでも、ものすごく疲れた気分になる。ゲームの経験を重ねるうち、他人を操るスキルに熟達してきた自負のある御城だったが、狸狐に対してだけはどうにもうまくいかなかった。逆に振り回されてしまう。

とはいえ、彼女の存在は、御城にとって快いものだった。手に余るところは確かにあるが、ああも素直に御城を慕ってくれているのは、正直、嬉しい。高圧的にすることでしか他人を支配できず、表面的な人間関係しか構築することのできなかったかつての御城には、絶対に得られなかったものだ。昔よりもずっと、プレイヤーとして成長しているのだということを感じさせてくれる。〈三十の壁〉を苦労して乗り越えた甲斐があった、と思わせてくれる。

「……それにしても」

天井を見つめながら、御城はつぶやいた。

考えるのは、新しいプレイヤーのことだった。ゲームが開始して数時間、もはや終盤戦に突入しつつあるこんな段階で、やっと目覚めたプレイヤー。そんなものがもしいたとすれば、露天風呂のチームを好戦的にさせたことからするに、かなり腕の立つ人物なのだろうと思われた。

一体全体、どんなプレイヤーなのだろう？

（21／41）

決戦に向けて、幽鬼たちは、できる限りの準備をした。

最初に行なったのは、我が戦力の確認だった。幽鬼と吾妻を含めて、チームは全部で十二人。幽鬼以外は全員、十回目以下のルーキー。その中でも戦力として期待できるのは吾妻ぐらいのものであり、ほかの娘たちは、ティーンの女の子相当の身のこなししかできない。戦闘中に見間違えることのないよう、全員の顔と名前を、幽鬼は頭に刻み込んだ。

人間以外の戦力に目を向けると、さっき幽鬼が苦しめられた鏡のナイフが数十本。そのほか、露天風呂を取り囲む林の中に、自然物を利用したトラップが各種設置されていた。もとからあったものではなく、林の中に隠してある下足札を守るため、あとから作ったものらしい。幽鬼(ユウキ)の目から見てもそれはよくできていた。攻撃よりも防御に向いているチームなのだな、と幽鬼(ユウキ)は評価を下す。

その次には、周辺の地形を調べた。露天風呂の林の中、出入り口付近の湯気の濃い一帯、そしてその外側も。調査の最中、斥候隊と思われる玄関チームの女の子たちと遭遇した。鏡のナイフしか装備のない状態で殺すのは面倒だったので、全員気絶させ、シャワールームの中に放り込んでおいた。数時間は起きてこられないだろうし、部屋には外側からつっかえをかましておいたし、片足を動かせないよう傷もつけておいたので、事実上このゲームから脱落したと考えていい。たった数名ではあるが、敵チームの人数を減らすことができたという事実に、露天風呂チームの士気は上がった。

上がったところで作戦会議に移った。地の利がこちらにあること、攻めよりも受けに優れたチームだということから、後退しつつ攻める戦法を取ることに全会一致で決定した。白兵戦に優れる吾妻(アズマ)と幽鬼(ユウキ)が前衛、ほかの十名が後衛。湯気の中で一撃離脱をしたり、遠くからナイフを投げてみたり、いろいろとちょっかいを出しながら戦線を下げ、少しずつ相手を削るプランだ。

幽鬼(ユウキ)たちは、定位置について、時を待つ。

露天風呂の出入り口付近――屋外とつながっているため温度の低いこの一角では、水蒸気がよりいっそう水滴化しやすいため、湯気が濃い。夜間の学校に通い、最近は少しずつ学も身についてきた幽鬼なので、その原理については理解できていた。もっとも、自力で気づくことはできず、吾妻から説明されてようやく理解できたというだけなのだが。

ともかくも湯気の中だった。一寸先も見えないほど視界の悪いその中に、幽鬼と吾妻は潜んでいた。玄関チームがここを通る際に、少数精鋭でのゲリラ戦を行うのだった。

「勝てるかな」

吾妻が言った。彼女は幽鬼の隣にいたのだが、あまりにも湯気が濃かったので、その表情はうかがえなかった。

「たぶんね」と幽鬼は答える。

ここで言う勝利とは、幽鬼たちの大半が生きてゲームを終えるという意味だ。玄関のチームを全滅させるという意味ではない。そんなことは絶対に起こらない。向こうのチームがある程度数を減らした段階で、停戦の申し入れがなされるだろうからだ。

このゲームの最大の問題は、脱出枠がプレイヤーの数よりも少ないというところにある。逆に言えば、プレイヤーが脱出枠以下の人数にまで間引きされたなら、残った全員のクリアが確定するということだ。ならば、どちらかの陣営が全滅するまで殺し合うなんて所業は、不合理きわまりない。ある程度数が減ったところで、お互い手打ちにするのが賢明である。

露天風呂のチームが十二名で、玄関のチームが推定三十名。残る札の枚数も推定三十枚なのだから、十二人が死ねば数は足りる計算になる。実際にはもう少し余裕を持って、十五人か二十人ほど倒れるのを待つことになるのだろうが、いずれにせよ決着のはるか手前で、両チームは和平のプロセスに突入するはずだ。仲間をやられた恨みつらみは各チームともにあるだろうが、そんなもの・・・のために確定したクリアを手放す愚か者はいないだろう。問題なく和平は成立し、仲良く札を分け合えるはずである。

つまり、今から始まるのは、殲滅(せんめつ)戦でもなければ下足札の防衛戦でもない。

残る十二名分の死亡枠を、どちらが負担するのか、という戦いなのだ。

幽鬼(ユウキ)たち露天風呂のチームが〈受け〉の戦法を選択したのは、それが理由でもある。彼女たちにとっての勝利とは、相手を滅ぼすことではなく、規定の数まで〈削る〉ことなのだ。

「…………」

幽鬼(ユウキ)と吾妻(アズマ)は、湯気の中でじっと待つ。

けっこう待ったのだが、玄関チームはなかなかやってこなかった。斥候隊がやられたから、慎重になっているのだろうか。なんにせよ幽鬼(ユウキ)は暇を持て余した。隣の吾妻(アズマ)と、二人きりの時間が続く。

ほかのプレイヤーと間がもたなくなったとき、幽鬼にはお決まりの話題がひとつあった。人の命をなんだと思っているのかわからないこんな業界に、身を置いた理由を聞くのだ。幽鬼は口を開くところまでいったのだが、ことばを発するより前に、「なあ」と吾妻に先手を打たれた。

口の形を急いで変えて、「なに？」と幽鬼は言う。

「あんた、どうしてこの業界にいるんだ？」

幽鬼はびっくりした。聞こうとしたことを逆に聞かれたからだ。

「えっと、私は――」

幽霊女は答えようとするのだが、

「――……」

「……幽鬼さん？」

幽鬼は、喉に手を当てた。

言えなかった。金子氏のときと同じだ。今の体たらくでは、九十九回などと口にするのは、恐れ多い。

「……ほかに道がなかったからかな」と、代わりの理由を幽鬼は答えた。

「表の世界には、うまく馴染めなくてさ。逃げ込むようにゲームに手を出して、そこからずぶずぶと」

「なんだ、俺と同じなんだな」

「そうなの？」

「ああ。だってそうだろ。自分のこと〈俺〉って言ってる女が、実社会でうまくやってけると思うか？」

　ものすごく答えにくい質問だった。「別に、だめってことはないと思うけど」と、当たり障りのない答えを幽鬼はする。

「自分のこと名前で呼んでるよりは、まだマシだと思う」

「はは、そりゃそうだな。……馴染めないっていうか、俺の場合、馴染む気がなかったんだろうけど」

　吾妻の声が色を含んだ。

「なんでなのかね。制服着るのだって愛想良くするのだって、一人称を〈私〉にするのだって、できなくはないし苦痛を伴うことでもないはずなんだけどな……。どうしてか、うまくいかなかった。人の首かっきって殺すほうが簡単だ」

「このゲームから解放してやるって言われたら、どうする？」

「え？」

「こんな危険なゲームやらなくてもいいように、まともな働き口を斡旋してやる……。そう提案されたら、なんて答える？」

　もちろん、金子氏の提案を意識した質問である。なんとなく聞いてみた。

　吾妻は、拳を前に出したのだろう、湯気を払う音がした。「ひっぱたいてやる」と彼女は答えた。

「ほかに道がなかったってのは確かだけどよ、それでも自分の意志でここにいるんだぜ、俺は。働き口を斡旋〈してやる〉だなんて、不幸な境遇から救ってやるみたいな言い草はむかつくね。そんな失礼なやつにくれてやるのはグーパンチだけだ」

「そうだよなあ」

「そんな質問するからには、誰かになんか言われたのかい？」

「いや、別にそういうことでは……」

ごまかそうとするその口が、止まった。

幽鬼（ユウキ）は警戒のレベルを上げた。「来た」と言った。

「俺にもわかるぜ」吾妻（アズマ）が言った。

前方から、大勢の気配がした。こちらにまっすぐ向かってきていた。幽鬼（ユウキ）は、足元にあった鏡のナイフを両手に握った。吾妻（アズマ）も、おそらくは同様にした。

「がんばろうね」

「ああ」

その一往復のやりとりを最後に、二人は黙った。来るべき戦闘に備え、気を張る。

このナイフは、投げない。これほど濃い湯気の中で、当てることは不可能に近いからだ。自分の居場所を敵に知らせる結果にしかならないだろう。握ったままでもその切っ先が届く距離にまで、敵が接近してくるのを待つ。それが賢明だ。

二人は待つ。そのうちに気配だけでなく、足音が聞こえるようになってきた。ぱしゃぱしゃと、水音を多分に含んだそれに幽鬼は耳を澄まして――

「……？」

――妙だな、と幽鬼は思った。

なんか多くないか、と思ったのだ。足音の数が、幽鬼の想像していたより多い。十人や二十人じゃきかない、たぶん三十人近くいる。敵の数は三十人というのが吾妻たちの推測だったので、ほとんど全員、来ている計算だ。

すなわち現在、玄関を警備するプレイヤーはほとんどいないということである。この状況をサッカーに例えるなら、ゴールキーパー以外の全員がゴール前に上がっているようなものであり、そんな迂闊な試合運びは今日び小学生でもやらない。幽鬼たちに横を抜けられてしまったら――この湯気のため、実際、その危険はかなりある――やすやすと玄関までたどり着かれてしまうだろう。防御が手薄すぎるのだ。

幽鬼は考える。玄関の防御が手薄だ――と、そう思わせることが狙いなのだろうか。玄関の警備は人数こそ少ないが、いずれも粒揃いの猛者であり、そう簡単には突破させてもらえないのかもしれない。前衛に猛者を置いている露天風呂チームとは、逆の陣形だ。防御は手薄と見た幽鬼たちが突撃してくるのを後衛の猛者たちが受け止め、前衛の三十人が戻ってくるまで時間を稼いで、挟撃。まんまと露天風呂チームを全滅させる。そういう青写真を描いているのかもしれない。

あるいは――。

もうひとつの可能性が頭をよぎったのと同時、露天風呂のほうから、足音がした。

「あの……お二方！」

声を出さない、息だけを使った呼びかけだった。呼ばれたほうに幽鬼が首を向けると、湯気の中に一人分のシルエットがあった。露天風呂チームの仲間だ。

「どうした？」

彼女と同じく、声を殺して吾妻が聞いた。

「なんか、その、変なことがありまして」

「なんだよ」

「竹の壁から音がするんです。まるで、壁を削るような……」

「……は……？」

そう口にしたのは、吾妻ではなく、幽鬼だった。

あたかも、その一言で魂を吐き出してしまったかのように、幽鬼は呆けた。辺りにただようこの湯気よりも、己の肌の色よりも、頭が真っ白になった。

空白になった心に、激しい衝動が吹き込んできた。自分で自分を殴りつけたくなるような、怒りと後悔と恥ずかしさのないまぜになった感情だった。前回のゲームでも、そのまた前回のゲームでも、幽鬼の心を襲ってきたものだ。

なぜだ。

なんで気づかなかった？　なんで確認しなかった？

考えるよりも先に足が動いていた。足元の注意さえおろそかにしながら、露天風呂のほうへ幽鬼は走った。

「あ……幽鬼さん!?」

後ろから、声と、足音が聞こえてきた。吾妻のものだ。自分を追いかけてくる彼女に、声をかけることはおろか一瞥たりとも幽鬼は与えなかった。今の彼女に、そんな余裕はなかった。

なぜだ。

幽鬼は今一度、己を問い詰めた。

〈このゲームは、大きく三つのエリアに分かれてる〉――。吾妻はそう言った。なぜにその情報を頭から信じ込んだ？　そりゃあ格闘センスに目を見張るものはあるけれど、相手はまだ七回目のルーキーだ。その認識に誤りがあるかもしれないと、どうして考えなかった？　エリアが本当に三つだけなのか――いや、ほかのルールについても、どうしてもっと注意深く問い質さなかった？　なんでも疑ってかかるのが生き残りの秘訣じゃなかったのか？　プレイヤーが心得なければならないことの第一を、どうして私は怠った？　いつから私はそんなに怠惰になった？

決戦に先んじて、戦場となる露天風呂の内部を幽鬼は詳しく調べた。そのエリアを囲う竹の壁も、かなりの時間視界に含めていたはずだ。どうして一度も疑問を抱かなかった？

ゲームの舞台が銭湯だというのに、どうしてその可能性をかけらも考えなかった？　お前の頭はどうなってる？　もしかして竹でできてるのか？

〈三十の壁〉なんて、言い訳にもならない。

ありえない。ボーンヘッドもいいところだ。

湯気を抜けた。幽鬼(ユウキ)は露天風呂に躍り出た。湯船を横切って、林も突っ切って、竹の壁にタックルするような勢いで到達した。その壁の高さは幽鬼(ユウキ)の身長の三倍近く、手足を引っ掛けられるような突起もほとんどなかったのだが、幽鬼(ユウキ)は見事なテクニックでその壁を登りきった。

向こう側をのぞいた。

そこには、もうひとつの露天風呂があった。

玄関チームのプレイヤーも、大勢いた。

（23／41）

マッサージチェアの上で、御城(ミシロ)は目を開いた。

そこには、下駄箱(げたばこ)がふたつ横に並んでいた。それぞれの下駄箱には横に七つ、縦に五つ、三十五足の履き物が収められており、よって履き物の合計数は七十である。履き物の総数、およびふたつの浴場に設置されたシャワーユニットの総数から見て、プレイヤー数は百名であるものと推測される。玄関チームを構成する六十五名、露天風呂チームの十数名を合計して、現在のプレイヤー数は八十名弱である。

向かって左の下駄箱は純金の下足札、右の下駄箱は純銀の下足札で開くようになっており、それぞれの札のナンバリングは独立している。だから、プレイヤー数が百名のゲームであるにもかかわらず、札の番号は〈35〉までしか存在しない。露天風呂、および内湯のエリアにいる限り、浴場がふたつあるという事実に気づくのは難しいだろう。

下駄箱のさらに向こうには、脱衣所に続くのれんがふたつ。普通の銭湯なら〈男〉〈女〉と書いてあるところであるが、このゲームのプレイヤーはみんな女の子なので、それが分けているものは男女ではない。左にあるのれんには〈金〉、右にあるのれんには〈銀〉と書いてあった。言うまでもなく、隠してある札の色にそれは対応していた。

〈銀の湯〉に潜伏していたチームはさっき全滅させた。今度は〈金の湯〉のチームに標的を定めたのだが、せっかく〈銀の湯〉がフリーになったというので、〈銀の湯〉の露天風呂の竹の壁を通って、裏から攻めるというプランを御城は立案した。浴場がもうひとつあるということに向こうが気づいていなければ、最高の不意打ちとして機能するはずだ。

作戦の成否は、〈金の湯〉の脱衣所から響いてくる、元気な足音が知らせてくれた。

「やりました、御城さん！」

のれんを頭で撥ね除けながら、狸狐が飛び出してきた。

「作戦成功です！　露天風呂の連中から、下足札を奪いました！」

御城は驚いた。「え……もうですの？」

「はい。大成功です！」

やけにあっさりだな、と御城は思った。〈銀の湯〉のときには、もう少し手こずったのだが。

「こちらの被害は？」

「軽微です！　怪我をした娘が何人かいるぐらいで、誰も死んでません！」

「〈金の湯〉のチームは、札を何枚持っていたんですの？」

「驚かないでくださいね。——十枚です！」狸狐は両手を前に出した。

御城は下駄箱を見た。〈銀の湯〉の下足札はほとんどコンプリート、〈金の湯〉の下足札も、すでに大半が集まっている。ここに十枚も追加されれば、玄関チームの全員、履き物に足を通して帰ることができるだろう。

御城は、前に突き出されている狸狐の両手に、目を移した。〈十枚〉を示すために十指が伸ばされていたが、その十枚のうち一枚すらも、狸狐は持っていなかった。

「その札は今、どこにありますの？」

「みんなで手分けして持ち帰ってるところです！　私一人で運ぶには重いので！」

〈銀の湯〉のチームから下足札を奪った際には、五枚とも全部、狸狐が抱えて戻ってきた。

しかし、今回は枚数が二倍であるし、金という物質の密度は銀の二倍近い。彼女一人で運ぶのは、少々難しいだろう。

「まずはご報告までです！　吉報を楽しみにしていてください！」

狸狐は、いつもの〈ごほうび〉を要求することなく――要求している暇はないと判断したのだろう――踵を返した。その背中に向けて、「待ちなさい」と御城は言った。

「どこに行くおつもりですの？」

「え……浴場に戻って、札を守ろうかな、と。向こうも死に物狂いで挑んでくるでしょうから……」

それはそうだ、と御城は思う。必要数の札がこちらに出揃い、履き物を使用されてしまったら、〈金の湯〉のチームはアウトだ。一刻も早く、手を打たないといけない。

狸狐の判断に異議はなかった。が、「あなたはここで待っていなさい」と御城は言った。

「わたくしの代わりに、見張っておいてくださいな。こっそり脱出しようとする不届き者が現れぬよう」

「御城さんの……代わりに？」

「あなたの代わりは、わたくしが務めますわ」

御城は、マッサージチェアから立ち上がった。

「最後ぐらい、顔を出さないと面目が立ちませんから」

このゲームでしばしば自然発生する〈リーダー〉には、二種類のタイプがいる。自らが前線で動き回る〈兵士〉と、後方で指示だけを出す〈将軍〉だ。御城は典型的な〈将軍〉タイプだったが、大事な場面においては前に出ることにしていた。後方でずっと待機していたのでは、一人楽をしているのではないかと疑われてしまうためだった。

御城は、狸狐の肩を押し、マッサージチェアに座らせた。「あの、でも」と、狸狐が抗弁の姿勢を見せる。

「なんですの？」

「大丈夫なんですか？　だって、御城さん、今回で……」

狸狐は心配そうにした。なにを心配しているのだろう、と御城は考えて、そういえば今回でゲーム回数が大台であることに気づいた。〈三十の壁〉同様、今回もなにかあるのではないかと憂えているのだ。

「不吉なのは三十回目あたりだけです。今回は、特に問題ありませんわ」と御城は言った。

それでも狸狐は心配そうな様子だったが、頭を撫でて強引に黙らせる。「それでは、よろしくお願いしますね」と耳元でささやいた。

「いつも通り――わたくしにもしものことがあれば、〈使用っても〉構いませんわ」

狸狐はうなずいた。彼女の肩をぽんと叩いて、御城は玄関を後にした。


（24／41）

幽鬼たちはよく戦った。

（25／41）

もうひとつの露天風呂。それが意味するものは明らかだった。普通の銭湯に男湯と女湯のふたつがあるのと同じく、このゲームにもふたつの浴場があるのだ。竹の壁をくりぬき、玄関チームのプレイヤーが続々乗り込んでくるのを目の当たりにして、自分たちの作戦が崩壊したのだということを幽鬼たちは悟った。

浴場がふたつ。ならばプレイヤー数も、敵の数も二倍。人数差もさることながら、前と後ろの両面から攻められたことが痛かった。思いもよらぬ事実に浮き足立ったということもあり、幽鬼たち露天風呂のチームは、ろくに連携の取れないてんやわんやの状態だった。

そんな条件で、幽鬼たちはそれでもよく戦った。

しかし、このゲームに、〈よくやった〉はないのだった。

林の中に隠してある下足札を奪われ、玄関チームが露天風呂を後にするまで、時間はかからなかった。ばたばたと、ばたばたと、四十人余りの足音が過ぎ去ったあとに残ったのは、ひったくりに遭った直後のような間抜けな顔をした、露天風呂チームの面々だけだった。

（26／41）

「……全員……いるか？」

そう呼びかけたのは、吾妻だった。怪我をしたのだろうか、しんどそうな色が混じっていた。

「返事してくれ、いたら」

「いるよ」

幽鬼が答えた。露天風呂を囲む林の中で、大の字に寝転がっていた。

幽霊のくせに、幽鬼は息を切らしていた。玄関チームから札を奪い返そうとしたがゆえの疲労である。相手が四十人余りとなると、さすがの幽鬼にも達成は困難だった。

「檜皮、います」「花梨もいるよ」と、露天風呂のあちこちから返事が聞こえる。声が止んだところで、「十一人か」と吾妻が数を確認する。

「杉山はどこ行った？」

「あっちにいます」誰かが言った。「……あの……でも、岩に頭を打っていて、その……」

語尾がしぼんだ。その先を問い質そうとする者はいなかった。

十二人中十一人が生存。悪くない数字だ、と幽鬼は思った。たぶん、さっきの部隊は、下足札を〈奪え〉としか命令されていなかったのだろう。〈殺して奪う〉には、十二人という人数は大きすぎるからだ。悪くない数字ではあったが、しかし状況はこの上なく悪い。

「悪い、みんな」吾妻が言った。「気づかなかったんだ。風呂場がふたつあるなんて……」

「謝らないほうがいい」

幽鬼(ユウキ)がことばをさえぎった。〈ごめんなさい〉を口にしたプレイヤーは高確率で死亡するというのが、彼女の経験則だったからだ。だから幽鬼(ユウキ)も、その事実に気づけなかった恥ずかしさはあれど、口には出さなかった。

「それより、未来に目を向けよう。これからどうする？」

答えはなかった。「たぶん、これで、札の数は足りたと思う」と幽鬼(ユウキ)がさらに言う。

「さっきの部隊が玄関に戻ったら、ゲームオーバー。玄関チームは全員脱出、私たちは取り残される。このまま寝てるわけにはいかない」

「……それは、あんたの言う通りだけど」

「少なくとも三つの選択肢があると思う。一つは——なにもしない。玄関チームが脱出するのをただ黙って見送り、彼女たちが使わなかった余りの下足札、ないしは、湯船の中にまだあるかもしれない未回収の札を探す。それだけでも、この中の何人かは生きられると思う」

「何人か、って……」誰かが言った。

そう。それはつまり、ここにいる面子(メンツ)で枠の奪い合いになるということである。できることなら、ほかの選択肢を検討してからにしたいプランだ。

「二つ。全員で、さっきの部隊から札を奪い返しに行く」幽鬼(ユウキ)は続ける。

「いや、でもそれは……」

「今しがた失敗したところだしね。成功率はかなり低いだろう。よってこれもなし」

幽鬼（ユウキ）は、音を立てずに体を起こした。

そして、言った。

「三つ。一（いち）か八（ばち）か、全員で玄関に突っ込む」

露天風呂の空気が張り詰めた。

「……特攻……するのか」吾妻（アズマ）が言った。

「なにも私たちは、あの札にこだわる必要はないんだ。玄関チームが何十枚とキープしてる、そっちの札を使ったっていい。玄関にたどり着いてしまいさえすればこっちのものだ。今なら防御も手薄だろうし、成功の望みはある」

「手薄ったって……二十人ぐらいは、向こうにもまだいるんだろ？」

当初予想されていた玄関チームの人数は、三十。浴場がふたつあると判明したので二倍して、六十。さっきの部隊が四十人余りいたのだから、現在、玄関に待機している敵の数は二十人。ひどく簡単な計算だった。

敵陣に無策で突っ込む。それはなんとしても避けたい選択のはずだった。そうしなくてもいいように、露天風呂チームは準備を進めてきたはずだった。しかし、幽鬼（ユウキ）にはもう、それ以外の方法が思いつかなかった。

「強制はしないよ」

踏ん切りがつかなそうにしている娘さんがたを見回して、幽鬼（ユウキ）は言った。

「来たい娘だけ、来ればいい」

声が冷たくなっているのが、自分でもわかった。

（27／41）

五人が手をあげた。

幽鬼を含めて、六人だった。一人でも多いほうが成功率は上がるので、残る五人もできれば説得したいところだったが、しかし彼女たちは頑なだった。幽鬼たち特攻組が返り討ちに遭えば、その分だけ口減らしになり、玄関チームのおこぼれにあずかりやすくなるという算段があるらしい。説得の時間もなかった。さっきの四十人余りが玄関に戻ってしまったら、幽鬼たちの生存可能性は真にゼロとなる。ほぼ半減した人数でも、決行するしかなかった。

玄関のチームはもうひとつのほうの浴場へ消えていったので、幽鬼たちはそれを避け、もともといたほうの浴場を通った。湯気に覆われてこそいるものの、このゲームの地形はきわめて単純だ。邪魔が入りさえしなければ、ただまっすぐ走るだけで、浴場を抜けることができる。

六人はひとつの会話もなく走った。

すぐに、湯気の濃い一画が見えてきた。

「……くそっ……」

幽鬼は、言った。

嫌な気分だった。心が冷えている、のに、頭が回らない。ピンチであるというアラートは感じているのに、思考がクリアにならない。体が重い。いつもより睡眠時間を削った日の朝のような、麻雀やポーカーで負けが込んでいるときのような、得体の知れない気持ち悪さを幽鬼は全身に感じている。

あるひとつの疑いが、頭から離れない。

ぎりぎりのところで、ことばに表さないよう、耐えている。

いっとう濃い湯気の中に幽鬼たちは突入した。四方八方に気配がするのを感じてはいたが、無視した。気持ち悪さを振り払うように幽鬼は走った。

「ぐっ――」

最後尾を走る吾妻が、うめいた。

その声には、反応しないわけにはいかなかった。幽鬼が振り返ると、自分以外に五つあるはずの人影が、ひとつ少なくなっていた。後方から、ばたばたと、タイルの上で激しく暴れる人間の気配がした。吾妻だ。玄関チームの連中に、取り押さえられまいとしているのだ。

残る四人になった仲間に、「止まるな！」と幽鬼は言った。

「落ち着いたらだめだ！　混乱させて切り抜けるんだ！」

あまりうまい発破ではなかったと思う。だが、剣幕に圧されたのだろう、四人の仲間は四人ともまた足を動かした。もちろん幽鬼も走った。

今ので、臨界点を超えてしまった。

幽鬼の脳がうるさく叫ぶ。

死ぬのか？　私はここで、死ぬのか？

（28／41）

御城は、骸となったそのプレイヤーを見下ろした。

少年のような見た目のプレイヤーだった。見た目通りに元気がよく、湯船に沈めるのに、十人がかりで押さえなければいけなかった。「行きましょう」と御城はチームメンバーに指示して、前方に逃してしまったほかの五人を追いかけた。

その背中にはすぐ追いつくことができた。前方にいるメンバーが、足止めをしてくれていたからだ。さっきと同じように御城は、最後尾を走っていた娘に足払いをかけ、複数人で取り押さえて湯船に沈めた。二人目だった。

三人目、四人目も、同様の手順で殺害した。

流れ作業のような一方的な戦いの中、御城は思った。

——話にならない。

まるでお話にならない。少しは骨のある相手かと思ったのだが、こんなものか。ゲームが開始して数時間、主役は遅れてやってくるとでもいうように参入したプレイヤー――。結局そいつも、大したやつではなかったようだ。浴場がふたつあることにすら気づかないほど注意散漫で、しかも、最後は特攻作戦でチームごと危険にさらす。いつかのゲームで自分がやらかした大失態を思い出し、御城（ミシロ）は失笑した。御城（ミシロ）はおろか、あの幽霊女の足元にすら及ばない弱小プレイヤーだ。

どんな間抜け面をしているのか拝んでやろう、と思った。

五人目を首尾よく始末して、御城（ミシロ）は、最後の一人の背中に迫った。手筈（てはず）通りに足払いをかけようとしたのだが、さすがに六回目ともなれば向こうも察知したらしく、御城（ミシロ）が足を出すよりも前に、体ごと振り向いてきた。

そして。

（29／41）

そして。

彼女と彼女は、再会した。

（30／41）

ことばはなかった。

だが、通じた。理解した。お互いの立場を。

幽鬼は理解した。じつに八ヶ月ぶりに顔を合わせたこのお嬢様——御城が、玄関チームのリーダーであるのだと。かつてのゲームで右腕を失ったのにもかかわらず、プレイヤーを続けていたのだと。彼女こそが玄関のチームを統率し、露天風呂チームを終始手玉に取り、そして今、幽鬼の喉元にその手をかけている。それほどの腕前を持つプレイヤーに成長していたのだと。

御城は理解した。こいつだ。かつて自分を完膚なきまでに叩きのめした幽霊女。こいつが、露天風呂のチームに遅れて入ったプレイヤーだ。玄関チームの斥候隊を仕留めたのも、このゲームのからくりに思い至らず下足札を奪われたのも、特攻なんていう神頼みの作戦をチームに指示したのも、この女だ。この女に違いない。

幽鬼は。

動けなかった。急所に針を打たれたかのように、全身が停止した。

頭がぼけていた。理由はわからない。思わぬ相手だったもので驚いたのかもしれないし、〈三十の壁〉に起因する呪いのような不調がここにきてピークに達したのかもしれないし、勢いよく振り向いたせいで、突発的なめまいを起こしたのかもしれなかった。そのすべてがいっぺんに起こったから、情報を処理しきれずに停止したのかもしれなかった。幽鬼（ユウキ）は数秒の間、土壇場中の土壇場であるにもかかわらず、棒立ちになった。

御城（ミシロ）は。

左手に鏡のナイフを持っていた。少年のような少女のプレイヤーから奪ったものだ。御城（ミシロ）には知るよしもないことだったが、このとき、彼女の目の前にいる女は放心していて、満足な防御行動を取ることのできない状態だった。そのナイフを手の動くままに振るえば、幽鬼（ユウキ）の命を奪うことは簡単にできたであろう。

だが、御城（ミシロ）が出したのは左手ではなく、右手だった。

目の前の女への雪辱を誓い、取り戻した右手だった。

平たく伸ばしたその右手で、御城（ミシロ）は、幽霊女の顔面をはたいた。

ビンタしたのだ。

その上で、叫んだ。

「――なんてざまだ!!」

（31／41）

かなりいい音のするビンタだった。ということは、大した威力はないはずだった。音が大きいということは、衝撃の大半は、音エネルギーに変換されたはずだからである。幽鬼に入ったダメージは大きくないはずだった。

が、そのときの幽鬼は足元がおぼつかなかったので、威力がないにもかかわらず体勢を崩してしまった。タイルの床に尻餅をついて、よろよろと、命懸けのゲームの最中とは我ながら思えないゆっくりとした動作で、体を起こした。

それを待っていたかのように、幽鬼の顔面に膝が入った。

「なんてざまだ！　なんてざまだ！　なんてざまだ!!　ああ!?」

床に倒れた幽鬼に、御城は蹴りを浴びせてきた。ひと蹴りごとに罵声がセットでついてきた。幽鬼の知る御城はもっと雅なことばづかいだったはずだが、しばらく会わない間に、お嬢様口調はやめたのだろうか。

いや——違う。

幽鬼が、やめさせたのだ。それを維持できないほど、彼女を怒らせた。

「なんてざまですの!?　〈キャンドルウッズ〉の生き残りがするプレイですか、これが！」

多少怒りが収まったのだろう、御城は在りし日と同じ、お嬢様口調に戻った。蹴りも収まったので、幽鬼は、ほうほうの体で逃げた。

てっきり〈待ちなさい〉と言われるのだと幽鬼は予想したのだが、実際に御城が発したことばは「来るな！」だった。幽鬼ではない、周囲に数多いる、玄関チームの面々に向けたことばだった。

「手を出すな！　あの女はわたくしが仕留めます！　邪魔立てするようなら、ぶち殺しますわよ！」

（32／41）

幽鬼は逃げた。御城はそれを追った。幽霊女の逃げるそのさまのみじめさが、御城をますますいらつかせた。そんなものを見せてもらうため、御城はここまでやってきたのではない。

頭の中をめぐるのは、ただひとつのことばだけ。

許せない。

許せない。許せない。あの女が、自分に尻を向けて逃げ惑っているのが許せない。ぶざまな姿をさらしているのが許せない。かつて自分を降した幽霊女、幽鬼。やつにリベンジするため、御城は今日までやってきた。だというのに――なんだ、あのざまは？　あんな雑魚を負かしたってしょうがない。やつとの決着は、もっと劇的なものでなければならなかった。奈落から這い上がってきた御城。あのときよりもさらに神懸かっている幽鬼。お互いに持てる力のすべてをぶつけあって、そして、最後には御城が勝利する。そうでなければいけなかった。そうでなくては、御城の悲願は果たされなかったのに。

幽鬼を追いながら、御城は思い出す。

思い出す。九回目のゲームのことを。義体職人からもらった新しい右腕が、だいぶ体になじんできたところで参加したゲーム。その認識がまったくの見当違いだったということを御城はわからされた。ゲームの最中に義手を失ったことはおろか、右腕の肘から上も失ってしまい、もう一度職人に依頼するはめになった。御城の記憶する限り最も、八回目のゲームよりよっぽど屈辱的な経験だった。

思い出す。十七回目のゲームのことを。廃校を舞台とした脱出型で、〈校則〉を破ればペナルティが与えられるというルールだった。ゲームの経験を重ね、このときの御城は知らず知らず増長していた。慣れたころがいちばん危ないというヒューマンエラーの原則を彼女は思い知ることとなる。両手両足、および内臓の一部にペナルティを与えられ、動かせる部位のほうが少ないという状況下で、芋虫のように這いずって御城はゲームを終えた。最も大きな負傷をしたゲームだった。

思い出す。〈三十の壁〉に挑んだときのことを。村ひとつ丸ごとが舞台であり、夜な夜な人里に降りてくる人喰いの〈獣〉を、退治するゲームだった。例の廃ビルの一件以来、御城は畜生の類がてんでだめになっていた。野良犬に吠えられただけでも、思わず体が縮こまる。そんな彼女がこのゲームでどうなったのかといえば、正直に語ろう、最初の夜は泡を吹いた。二日目も三日目も、震えるばかりで使いものにならなかった。その震えが止まったのは、かつて御城（ミシロ）がされたように右腕を食いちぎられた少女——狸狐（リコ）がいたからだった。あのことがなければ、彼女を弟子に取ることもなかっただろうし、御城（ミシロ）が今ここにいることもなかっただろう。

どれもこれも、一筋縄ではいかなかった。

それでも前を向けたのは、ひとえにあの女をぶちのめしてやるためだった。

なのに。

私ががんばってる間、この女はいったいなにをやってたんだ？

「死ね！」

とうとう、この上なく直接的な罵倒すらも口から出てきた。

「私の心をもてあそびやがって！　死んで詫（わ）びろ！」

そこで初めて、幽鬼（ユウキ）は、湯気の向こうから抵抗の意思を見せた。「な……なんの話だ!?」

「私、御城（ミシロ）になにかした？」

「しらを切るおつもりですの!?　この女！　わたくしがいったいどんな気持ちで……！」

御城（ミシロ）にはもう自分を制御できなかった。思い浮かんだことを、思い浮かんだままに言う。

「なんですか、そのみじめな姿は！　まるでかつてのわたくしではありませんか！　あの日わたくしの前に現れた、神のようだったあなたはどこに行ってしまったんですの!?」

ことばが突き刺さったのだろう、またも応答が成立した。「勝手に神格化すんな！」

「人間なんだ！　調子が悪いときだってあるんだ！　これでも必死にやってんだよ私は！」

「お黙りなさい！」

　応答をしてほしいのかほしくないのか、よくわからないことを御城は言った。

「必死ですって？　わたくしのほうがはるかに必死でしたわ！　マイナスを埋めるところから始めて、かつての自分を完全に否定して！　あなたよりもはるかに壮絶な経験をした！　だからこその今のこの結果ではありませんか！」

「――うるっせえな！　わかってんだよそんなことは！」

　湯気を引き裂き飛んでくるものがあった。鏡のナイフだった。やぶれかぶれの一撃、かわす必要さえなかった。御城の右横をすり抜けて、タイルの床をからからと滑った。

　幽霊女の背中に御城は追いついた。その濡れた髪を右手でつかみ、自分のほうに引き寄せた。それとともに、逆手に持った鏡のナイフを振り下ろす。

「がっかりですわ！」

　一連の動作の中、御城は叫ぶ。

「わたくしは！　こんな女と再会するために、四十回もプレイを重ねたんじゃありませんわよ!!」


（33／41）

——そのことばに。

幽鬼（ユウキ）の心臓が、大きく動いた。

（34／41）

頭皮を引っ張られ、刃物の切っ先が迫りつつあるそのときになってもなお、幽鬼（ユウキ）の頭は真っ白だった。なにも考えられず、神経だけで体を動かし、対話をしている状態だった。

その空白の心に、確かなものが芽吹いた。

爆発し、幽鬼（ユウキ）の心をひとたび満たすと、今度はみるみるうちに集約し、ふたつの文章を形作った。

四十回だって？

あんなやつが？

御城（ミシロ）の吐いたほかのどんな罵声よりも、その事実が、刺さった。御城（ミシロ）。お嬢様気取りのいけすかないプレイヤー。未来永劫（みらいえいごう）、自分よりも格下であるとみなしていた。あいつが。あんなやつが。もうとっくの昔に〈三十の壁〉を乗り越えて、この私よりも高みに位置している。この私に対して上からものを言っている。それが純粋に悔しかった。それで——

このまま死ぬのはいやだな、と思った。

いやだ。こんなので死にたくない。道なかばで斃れる覚悟はしている。いつ交通事故に遭って死んでもいいと思っている。〈三十の壁〉の呪いに負けて死ぬことだって、受け入れる。だけど。よりにもよってあんなやつに負かされるのはいやだ。こんな死に方だけはごめんだ。カプセルを喉に詰まらせて死ぬほうがまだマシだ。あんな下手くそにやられるのだけは、我慢ならない。

ナイフが幽鬼に達するよりも先に、心臓が、もう一度動いた。

意識せずに呼吸ができる。心が冷えているのと同じ温度にまで、頭も冷える。

そうか――そうだったのか。

あの廃ビルで、あいつはこんな気分だったのかと、静かに思った。

無意識のうちに動いた右手が、御城のナイフをつかんだ。

（35／41）

幽鬼の右手が、一瞬遅れて痛みを発した。当たり前だ。ナイフの刀身を手づかみしたのだ。割れた鏡の破片を持つことだって一般的には危ないのだから、凶器として磨かれたそれの危険性は、語るまでもない。

死に際の抵抗。

窮鼠猫を噛むといわれる通り、それはままあることだ。このゲームにおいては特にそうだ。なのに、御城は、あたかもそれがありえないことであるかのように、驚いた顔を見せていた。

また、幽鬼も幽鬼で驚いていた。無意識のうちに防御行動を取る。さっきまでの幽鬼には、できるはずのない芸当だったからだ。

互いに呆ける時間が、一秒か二秒か。

先に復帰したのは、幽鬼だった。

至近距離にあった御城の頭に、頭突きをくらわしてやった。

「……っ！」

御城はよろめいた。

その隙に、幽鬼は逃げた。「待ちなさい！」とまもなく声がして、足音も聞こえてくる。

風呂場を全力疾走しながら、幽鬼は周囲に意識を向けた。

大量の気配を感じた。玄関チーム、御城の手下たちだ。例の四十人余りもすでに戻ってきたのだろうか、かなりの数がいた。〈手を出すな〉という御城の指示を守り、後方待機しているようだが、彼女が死ねば鎖を解かれたように襲いかかってくることだろう。状況は絶望的。その一言に尽きる。

しかし、幽鬼の心は弱らなかった。ただひとつのことばが、頭の中で繰り返されていた。

死んでたまるか。

死んでたまるか。

死んでたまるか。

「死んでたまるか！」

そう叫んだ瞬間だった。幽鬼の右足に痛みが走った。

すっ転んで、タイルを滑った。滑りながら、幽鬼は右足の裏を見た。

みかんの髪飾りが刺さっていた。

葉っぱの尖っている部分を、踏んづけたのだ。誰かの落としものだろうか。こんなものを踏んでしまうなんてついてない――。〈三十の壁〉の呪いは、いまだ継続中らしい。

右足に全体重をかけることができなくなったので、負担のかからない歩行法――四足歩行に幽鬼は切り替えた。やってみると、これがなかなかよかった。つるつるのタイルで転んでしまう心配はしなくてもいいし、姿勢を低くしているおかげで、己の姿が湯気にまぎれる。そういえば吾妻と遭ったときも、身を低くかがめられていたせいで幽鬼はしてやられた。このゲームではこれが最適な移動法なのかもしれない。

そんなことを考えながら、幽鬼は、目的の場所にたどり着いた。

そこに落ちていた鏡のナイフを、速度を落とすことなく拾った。

さっき幽鬼が御城に投げつけたものだ。弧を描くように逃げて、回収したのである。これさえあれば勝負は互角――いや、それ以上だ。幽鬼がナイフを手にしたことに、御城は気がついていないはずだからだ。湯気で見えなかったのだし、拾う際に音を立てるような失態もしていない。幽鬼は素手であるものとまだ思っているはずだ。

振り返る。湯気の奥にいた黒い人影は、案の定、無警戒な速度で幽鬼に迫ってきた。ナイフを振るいながら、御城は幽鬼の射程距離内に現れた。

幽鬼は、その一撃を片手でいなした。

そして、もう片方の手で、鏡のナイフを振るう。

やはり予想外だったようで、御城の顔は、再び、驚きに染まるのだが——。

そのナイフが彼女の体内に侵入することはなかった。

みずみずしき肌にはじき返されて、ばきん、と脆くも砕けた。

今度は幽鬼の顔が驚きに染まる番だった。そう。このナイフの最大の欠点、それは素材が鏡であるということ。耐久性に難があるということだ。見た目には傷ひとつないように思えたのだが、さっき投げたとき、どこかに亀裂が入っていたらしい。

硬直していた時間が、動き出す。

幽鬼は両腕を組み、身を小さくした。御城のナイフから身を守るためだ。〈防腐処理〉で出血はすぐに塞がるので、ナイフは急所に当てない限り有効打にはならない。この姿勢では、どこを狙ったとしてもその条件は満たせない。

だが、御城の次の一撃はナイフによるものではなかった。

幽鬼が組んだ両腕の交差するところを、どん、と押してきた。大した力ではなかったのだが、重心が低くなっていたせいもあって、たやすく、幽鬼は転がされた。

後方にあった湯船に、頭から沈められた。

薬湯だった。湯に色がついていたので、目を開けてもなにも見えなかった。口と鼻から猛烈に泡を吹きつつ幽鬼は顔を上げようとするのだが、その前に、御城の腕が現れ、頭をがっちりと湯船の底に押さえつけられてしまった。

沈められた。酸素の供給を、絶たれた。

泡を吹くのをやめて、幽鬼はその腕をつかんだ。つかんでみると、それは、明らかに人肌ではない感触をしていた。左腕ではなく右腕だということだ。かつてのゲームで右腕を失ったはずの御城。この腕は、つまり、義手だ。どこで購入したのやら、かなり硬い素材で作られていて、水中でこれをなんとかするのは無理そうだった。幽鬼は方針を切り替え、両脚を激しく動かした。

湯船に立っていた御城の脚に、自分の脚を引っ掛けて、引き寄せた。

水中であるということ。それは、地上よりも踏ん張りがきかないということである。変則的な足払いだった。御城の両脚はたちまち力をなくした。ごん、と浴槽の縁に頭を打つ音が、湯船を通じて幽鬼の耳に届いた。

拘束を解かれて、幽鬼は湯船から顔を上げた。

御城は、幽鬼に背中を見せていた。頭を抱えながら、湯船を上がろうとしていた。その背中に幽鬼は迫った。

至近距離にまで迫ったところで、突如、御城は振り向いた。

記憶がよみがえる。そう、あれは、二人が初めて出会ったときのこと。至近距離にまで相手を引きつけてから、すばやく振り向く。彼女のトレードマークたる縦ロールで相手の視界を奪い、その隙に、鋭く研いだ爪を相手の首に突きつける。幽鬼がまんまとしてやられた、おそらくは御城の得意技だ。

しかし、

「その技は見切ってんだよ！」

言うとともに、幽鬼の右腕が湯船から振り抜かれた。大量の薬湯がかき出され、御城の顔周りにヒットした。

髪が濡れてしまったので、全視界を奪われるほどふわりとは広がらない。

喉元を狙う御城のナイフを、だから、幽鬼はかわすことができた。

幽鬼はまた頭突きをした。御城はひるんで、ナイフを取り落とした。それが湯船に沈むよりも先に幽鬼はキャッチした。

流れるような動作で、御城の首におかえししてやった。

「……!!　!!」

御城は、両腕を幽鬼へと伸ばしてきた。

だが、伸ばしただけだった。まもなく、両腕ともに力なく湯船に沈み、どんな名湯でも与えられないほど深い極楽の表情になった。

幽鬼は湯船から上がった。「グッドゲーム」と、誰にも聞かれないように、小さな声でつぶやいた。

生死は確認しなかった。

（36／41）

四足歩行で、幽鬼は出口に向かった。出口付近には、敵意を含んだ無数の気配が控えていたが、行くしかなかった。突っ込まないという選択肢は幽鬼にはなかった。

玄関チームのボスである御城は倒した。だが、それだけだ。勝ったからといって、幽鬼が次のボスになれるわけでもない。最近は幽鬼もプレイヤーとして顔が売れてきたらしいが、だからといって顔パスというわけにもいかないだろう。彼女たちとの戦闘を避けることはできない。

ばたばたと、たくさんの足音が幽鬼に迫った。

上等だ、と思う。

延長戦だ。お前の導いた連中にも、私は負けない。

（37／41）

マッサージチェアの上で、狸狐は回想する。

我が師匠との馴れ初めを。

（38／41）

このゲームに参加した理由。人に語れるような立派な理由を、狸狐は持たない。プレイヤーの大多数と同じだ。世の中のなにもかもに嫌気がさしていて、生きるも死ぬもどっちでもよかった。だから狸狐は、ゲームに挑んだ。

その初めてのゲームで、狸狐は大怪我をした。人喰いの獣と戦うゲームだった。あちこち食われ、体の半分ほどを失った。〈防腐処理〉のおかげで命はつながったのだが、獣の腹で消化されてしまった狸狐の肉体は、もう戻ってこなかった。肉体的な喪失もさることながら、精神的な喪失も問題だった。こんな状態で生還して、それでどうなるというのか。これから私はどうすればいいのか。いっそ殺してくれればよかったのに――。そんな思いすら頭を巡った。

それでも死なずに済んだのは、狸狐に、目をかけてくれた人物がいたからだった。

御城。当時で三十回目だったらしい、このゲームの上級者。人喰いの獣と出会うや否や泡を吹いて失神し、大丈夫なのかこの人はと最初は不安に思ったものだが、一晩、二晩と経過するうち、だんだんと上級者らしさを発揮するようになり、最終的には参加者の大半をクリアに導いた。獣に殺されそうになっていた狸狐を、助けてくれたのも彼女だ。彼女がいなければ、半死半生ではとても済まなかっただろう。

「わたくしには使命があります」と、そんな御城は狸狐に語った。

場所がどこだったか、いまいち記憶がない。あのときはまだ狸狐の肉体は失われたままだったはずだから、とすると、ゲームを終えた帰りの車内だろうか。それとも病院のベッドの上だろうか。あるいは、義体職人に会いに行く道中のことだったかもしれない。ともかく、いつかのどこかで、狸狐は、御城とそんな会話をした。

「わたくしの鼻っ柱をへし折った、幽鬼というプレイヤー。いつか彼女と再会し、あの屈辱を叩き返してやるために、わたくしはゲームを続けておりますの」

その話を狸狐が聞かされたのは、一回きりではなかった。回数もわからないほど頻繁に、もしかしてこの人はぼけているのではと疑わしくなるぐらい、しょっちゅう、御城はその幽霊女のことを話していた。幽霊のような容姿をしたプレイヤー、幽鬼。過去のゲームで、御城と深い因縁があるらしい。

「そんなことで……ですか？」

そして、いつも、狸狐の抱く感想は同じだった。心に抱いたままにすることが多かったが、このときの狸狐は、素直に疑問を呈した。

「そんなことで、ですわ」と御城は答えた。

「悔しかった。あいつには負けたくない。たかがそれぐらいの理由で、命すら賭けることができるのですよ。人間というのは」

そういうものだろうか。〈たかがそれぐらいの理由〉すら持たない狸狐（リコ）には、わからなかった。

「腕や脚よりも、あなたには使命が欠けているようですわね。まずは、そちらを先に埋めましょうか」

運営の医療技術でも治せない大怪我（おおけが）——爆弾で足がばらばらに吹っ飛ぶとか、獣に食われて消化されるとか——についても、まるっきり打つ手なしというわけではないらしい。もともとの手足を取り戻すことはできないが、新しい手足を取り付けることはできる。体を失い、それでも戦い続けようというプレイヤーを顧客とした〈義体職人〉が、このゲームの裏には潜んでいる。御城（ミシロ）は狸狐（リコ）に、それの手配をしてくれた。

「あの」

その事実を知ってすぐ、狸狐（リコ）は聞いた。

「なんで、そこまで、私に親切にしてくれるんですか？」

獣の魔手から狸狐（リコ）を救い、そのアフターケアを、肉体的にも精神的にも行う。見ず知らずの女のためになぜそこまで手間をかけるのか、それが狸狐（リコ）にはわからなかった。

「親切？」

御城（ミシロ）はくすくすと笑って、答えた。

「わたくし、そんなに上等な女ではありませんわ」

そのときの御城の顔は、今でも覚えている。ぐつぐつ煮えた大鍋をかき混ぜている魔女でさえも、これほどではあるまいという、怪しい顔だった。

「そうですわね……狸狐。あなたは、自己というものについて、どう考えますか？」

「自己？」

「この世界にあるものの、どこまでが自分自身だと考えますか？　お洋服や眼鏡、ピアスといったものは自分自身の範疇でしょうか？　自分の体から離れた髪や爪は？　これからあなたの体に取り付けられることになる、義手や義足といったものはどうでしょうか？」

質問の意味がわからなかった。狸狐にとって自分といえるものは、半分になってしまったこの肉体、それだけだ。そのように彼女は答えた。

「わたくしの定義は、それよりも少し広いですわ。先ほど挙げた例には自分自身を感じませんが、例えばわたくしの出した命令――それがもたらした結果というものには、大いに感じます。ヒットマンに依頼して誰かを殺したら、わたくしが殺した。そのように判断しますわね」

わかりやすい例だと思った。そのケースなら、狸狐も同じように判断する。

「さて。ここでひとつ、問題です」

御城は、狸狐のほおを撫でた。

「わ・た・く・し・が・生・か・し、わ・た・く・し・が・導・き、わ・た・く・し・が・志・を・与・え・た。その存在が隅から隅までわ・た・く・し・の・お・か・げ・である人物がいたとしたら？　わたくしが完全に支配下に置いている人物がいたとしたら？　その人物の所業は、わたくしが成したのと同じだとは考えられませんか？　わたくし自身であるも同然だとは考えられませんか？」

　そのとき、御城は、優しい目をしていた。

　当然だ。御城はなにも、狸狐を取って食おうというのではない。自分自身の一部として迎え入れようというだけなのだから。

「誠実さのため――今のうちに言っておきます。わたくしは、もう何度もこのようなことをしています。あなたで五人目ですわ。先の四人のうち、二人は斃れてしまったのですが、残る二人は問題なく仕上がりました。あなたが長生きすれば、いつか会わせることもあるでしょう」

　御城の顔が近づいた。「使命の話に戻りましょうか」と、耳元でささやいてきた。

「がらんどうのあなたに、使命を差し上げましょう。――わたくしの弟子になりなさい、狸狐。未来永劫、死ぬまで」

　――そういうことか、と狸狐は思った。

　この人は、自分を増やしているのだ。自分の右腕となる人物を――いや――全身丸ごと代替してくれる人物を求めている。狸狐を救ってくれたのは、あれこれ手を焼いてくれるのは、だからなのだ。精神的になにも所持していない狸狐が、己の入れ物として最適だったからだ。

　親切な人だなんて、とんでもない。

怖い人だ、と心底思った。

また、それよりも怖かったのは、その要請を狸狐が受け入れているということだった。使命が欠けているという指摘。ごもっともだった。自分にいちばん必要なものを見抜かれていた。御城のことばが全身に染み渡り、ぞくぞくした。私を救ってくれたこの人に、奉仕したいと思った。もっと使ってほしい。もっと命令をささやいてほしい。

「最初の命令を与えます」

狸狐の細胞のひとつに至るまでが、その命令を拝聴した。

「わたくしがあの女に敗れたときは、あなたが代わりを務めなさい。狸狐」

（39／41）

十人もぶっ倒したら、幽鬼に挑んでくるやつはいなくなった。

御城の統率力のたまものだろう、玄関チームの面々はチームプレイに優れていたものの、個々の能力は平凡だった。御城以外は、ルーキーばかりのようだ。万全の状態を取り戻しかけていたこともあり、幽鬼はたやすく、玄関チームの防衛線を抜けることができた。

脱衣所を素通りし、のれんを潜って、玄関に。

そこには幽鬼が思った通りの光景が広がっていた。まず目についたのは、ふたつある下駄箱だった。横を見れば、のれんがもうひとつ。向こうのものには〈銀〉、幽鬼が抜けてきたほうには〈金〉と書かれていた。あっちとこっちでは、隠してある下足札の素材が、おそらくは違うのだろう。下駄箱の向こうには靴脱ぎ場があり、そのさらに向こうには、全プレイヤーが求めてやまない出口があった。そこに至るまでの空間には、履き物を使わず外に出ようとしたためだろう、物言わぬ骸が数体転がっていた。

生きた人間は、幽鬼のほかに、一人しかなかった。

マッサージチェアに少女が座っていた。小動物のような印象があって、実際、身長もかなり小さい。そんなに深くは座っていないのに、足が床に届いていなかった。少女は幽鬼の姿を認めると、驚いたような反応を見せた。そのあとすぐ、勢いをつけて、マッサージチェアから降りた。

そして言う。「まさか――幽鬼？」

「私のことを知ってるの？」

「御城さんが、よく話してたから……」

よく話していた、という発言内容に幽鬼の注意は向かった。この少女と御城が、今日ばかりの関係ではないということをそれは示唆する。もしかして、御城の弟子だろうか。

一生懸命どすをきかせているという感じの声で、少女は聞いてくる。

「なんでここに来られた？　御城さんは、どうした？」

「どうしたと思う？」

「聞いてるのはこっちだ！」

「わかんないよ」

下駄箱に向かって歩きながら、幽鬼は答えた。

「このゲームは脱出型なんだ。相手の生死なんて、確認する必要ないもの」

幽鬼が前に回ると、案の定、右の下駄箱には銀色の下足札がはまっていた。それぞれの下駄箱には三十五の扉があって計七十、うち六十個以上に下足札がついていた。玄関チームの総人数より、それはたぶん多かった。

ひとつ拝借しようと幽鬼は下駄箱に近づくのだが、その道のりに、少女がかぶってきた。

「なに？」幽鬼は聞いた。

「誰にも開けさせるな、と命令されてる。御城さんから」

「そう」

幽鬼は構わず足を進めた。少女は、どかない。

「御城さんにもしものことがあれば、本気でやっていい、と言われてる」

「じゃあ、やれば」

答えはなかった。

少女は、板張りの床を蹴って、幽鬼に突進してきた。

かわせると思っていた。少女がなにをしたとしても、その胸からガトリング銃が飛び出してきたとしても、かわせる間合いをキープしているつもりだった。

その認識は誤りだった。少女の突進をもろに食らい、幽鬼は壁に叩きつけられた。

（40／41）

なにが起こったのか、一瞬、理解できなかった。

一瞬で済んだのは、〈しっかりしろ〉と言わんばかりの痛みが、幽鬼の背中を襲ったからだった。背中をしたたかに壁にぶつけた幽鬼は、頭をはっきりさせるために首を振って、顔を上げた。

少女が、すでに、幽鬼の目前にいた。

すでに、その腕が幽鬼に向かって振るわれつつあった。幽鬼は防御の構えを取った。が、本調子に戻りつつある彼女だったので、その行動がまずいということを脳の奥で悟っていた。防ぐのではなく、なんとしてもかわさなければいけなかった。

少女の腕が、幽鬼のクロスされた両腕に接触し、

突き抜けた。

幽鬼の両腕が、関節ではないところで曲がった。

「――あ」

幽鬼は視線を下げた。幽鬼の両腕をへし折った少女の拳は、しかし、そこで停止していた。視線を上げると、その腕は振り抜かれていた。両腕のさらに先――幽鬼の胸を打撃するには、踏み込みが足りなかったようである。

そこまで認識したところで、満を持してというように遅れてやってきた痛み、が、

「があああああああああああ!!　ああああああああああ!!　あ」

叫びは中止された。少女が、幽鬼の顔を殴りつけたからだった。

幽鬼は両腕で——先のほうがぶらんとしている両腕で、顔をガードした。少女はお構いなしだった。二発。三発。四発。五発。一定のリズムで殴られた。一発一発が少女風情とは思えないほど重かった。ダンベルで殴られているかのようだった。人間の拳の感触ではありえないと自信をもっていえた。

人工の腕だ。御城と同じような。

また、脚もおそらく人工だろうと、めったうちにされながら幽鬼は思った。御城の例からもわかる通り、義手や義足の装着はこのゲームで認められている。スタンガンの機能をつけたり刀を仕込んだり、武器の類を組み込むことは許されないが、例えば、いつぞやの殺人鬼がやっていたように鎧を仕込んだり、ほかにも、重いパンチを繰り出せるような硬い素材で義手をこしらえたり、生身のころより俊敏に動けるパフォーマンスを義足に搭載するなんてことも、認められる。武器の持ち込みは禁止——。そのルールの範囲内で行える工夫は、数多い。

具体的にどんな改造を施しているのかは、知らない。

ともかく、この少女は、少女の体重でも筋力でもないのだった。人間と思ってはいけない。人間大のサイズをした殺人ロボット。そう捉えるべきだ。

少女の猛攻は続いた。幽鬼は両腕をずたずたにしながら、機をうかがった。少女がしているようなサイボーグめいた処置を、幽鬼は行なっていない。頭から爪先まで、親からもらった体のままだ。少女の師匠であるのだろう御城も、右腕こそ義手にせざるをえなかったようだが、ほかは生身のようだった。相手より強い装備を持たないのは甘えとすら言ってのけた例の殺人鬼ですら、急所のいくつかに鎧を当てるだけにとどまっていた。

どいつもこいつも、なぜ生身にこだわるのか。

答えは単純。

肉体を捨てたプレイヤーは長生きできないと、みんな知っているからだ。

幽鬼は膝を上げた。生身の膝が、少女の顎にヒットした。壁に追い詰められ、一方的に殴られながらも、膝を入れられるだけの間合いを幽鬼は作っていたのだ。頭はさすがに生身のままだったらしく、少女は、顎を打たれた人間が当然するべき反応——脳を揺らされて動けなくなるという反応を見せた。

その隙に、幽鬼は少女の横を抜けた。

下駄箱に走った。

さっきのタックルの衝撃のためだろう、いくつかの扉が開いていて、ボウリングシューズのようなごつい履き物が収まっていた。幽鬼は——両腕が使いものにならなかったので——片足を下駄箱に突っ込んでシューズをかき出し、足の動きだけで行儀悪くそれを履いて玄関に降り立った。

その際に、幽鬼の濡れた髪から水滴が落下し、玄関のタイルに当たった。じゅう、と音を立てて蒸発した。ここには電流が流れているのだと幽鬼は見抜いた。だから、絶縁能力の高い靴が必要だったのだ。ここに倒れている五つの死体も、全部、タイルに触れて感電死してしまったのだろう。

「逃がすか！」

声がした。幽鬼は振り返らなかったが、靴を履いた音と、玄関に降りてくる音がした。

もう遅い、と思った。この環境では、少女は幽鬼に追いつけない。見た目には幽鬼よりもはるかに小柄な少女であるが、その手足の素材を考えるに、実際の体重は幽鬼より上だ。俊敏さでは幽鬼に分があるということをそれは意味する。さっき少女が見せたタックルも、床に手をついてしまったらアウトなこの状況下では、危なくて使えないはずだ——。

そう思っていたのだが、

「がっ……!?」

幽鬼は、吹っ飛ばされた。

斜め前に突き飛ばされて、玄関の壁に激突した。よもや、と思ったのだが、壁にまで電流は流されていないようだった。幽鬼は、しかし、ほっとする暇もなく、壁に自らをこすりつけるようにして振り返った。

少女が、床に手をついていた。

少女の手は、靴を履いていた。

両手両足、計四つの履き物を、少女は使用していた。

「……贅沢しやがって！」思わず幽鬼は叫んだ。

少女は床を蹴った。少女らしからぬ速度で、飛びかかってきた。

幽鬼は足元を見た。運のいいことに――現在の幽鬼の状態からすれば信じられないほど運のいいことに――あたかもここ数ヶ月の運がすべてそこに集約されていたかのように――勝機が、足元に転がっていた。それは幽鬼にも危険をもたらす勝機であり、あるいは、〈三十の壁〉がもたらした最後の罠であるかもしれなかったのだが、もうほかに選択肢はなかった。南無三、と幽鬼は右足を上げた。

その爪先が、床に転がっていた死体を蹴り上げた。

蹴り上げた――とはいっても、足を上にやっただけの力なきキックである。死体が少女に飛んでいくなどということは起こらなかった。ただ、死体の両脚が、少し上に行っただけにすぎなかった。

しかし、それで十分だった。

その両脚が、少女の両脚に、触れた。

少女の顔が、頭も作り物にすげ替えられたかのように、白くなった。

よくある話だ。感電している人物を救出するのに、直接触れてしまったがため連鎖的に感電してしまう。ミイラ取りがミイラ。ろくな衣装が用意されておらず、肌が水分をたっぷりと含むこのゲームにおいて、ことさらにそれは起こりやすい。

ばちばち、という音が本当にするんだな、と幽鬼は思った。

秒殺だった。少女は——そういえば名前も聞いていなかったその少女は、倒れた。タイルの床にうつ伏せの姿勢となり、よってますます電流の刑は苛烈になった。どの時点で少女が命を落としたのかはわからないが、二度と彼女が起き上がってくることはなかった。さっきまでの戦闘が嘘のように辺りは静まり、幽鬼の両腕の痛みだけが、唯一の刺激として残った。

はあ、と幽鬼は息を吐いた。

安堵の息でもため息でもない、肺に空気が多過ぎたので調整した、という感じの息だった。

幽鬼は出口に向かった。死体を蹴ったとき、右のシューズが水分を含んでしまった恐れがあるので、そっちは床につけず、片足でけんけんをして移動した。道中で転んでしまうなどという失態は犯すことなく、無事、出口を通ることができた。

建物を出た。駐車場だった。黒塗りの車が、おそらくはプレイヤー人数と同じ百台、停まっていた。ゲームの様子を〈観客〉とともに見ていたのだろう、幽鬼のエージェントが、すぐ近くで待ち構えていた。

「お疲れさまです」と、なんでもないような調子で言ってきた。

「ご自宅までお送りします、と言いたいところですが……先に病院ですかね？」

幽鬼は自分自身を見た。体に巻かれたタオル以外には服を着ておらず、両腕がばきばきに折れ曲がっている。エイリアンのような風体だった。
しゃべる気力はなかった。頭を前に倒して、幽鬼(ユウキ)は意思を示した。

（41／41）

3.クリムゾンレーキ

（0／2）

プレイヤーネーム、吾妻（アズマ）。

彼女は不登校児だった。この世に存在する集団という集団に、馴染（なじ）むことができなかった。他者との関わりが少なくて済む職業として、プレイヤーを選択した。人は一人で生きていくことはできない。その原則と、生涯にわたって戦い続けた。

プレイヤーネーム、花梨（カリン）。

彼女は没落貴族だった。蝶（ちょう）よ花（はな）よと育てられたお姫様だったが、あるとき、実家が一文なしになった。箱入り娘が突然社会に羽ばたけるはずもなく、ゲームへの出場を余儀なくされた。自分で生きられるだけの力を、最後まで獲得することはなかった。

プレイヤーネーム、水戸（ミズノト）。

彼女は愚か者だった。自分だけは死ぬことはないと心のどこかで思っていた。臨場感のあるドラマを見るぐらいの気持ちで、ゲームへの参加を繰り返していた。頭を湯船に沈められたときにも、自分だけは大丈夫だと思い続けていたし、窒息死する寸前まで、その幻想が揺らぐことはなかった。

プレイヤーネーム、亜門（アモン）。

彼女は自殺志願者だった。死にたいという気持ちが常に頭を埋め尽くしていて、ゲームどころではなかった。特攻を提案したときの幽鬼(ユウキ)の声の感じがなんとなく怖かったので、怒られたくないと思って手をあげた。頭は終始パニックだった。湯船で溺れさせられたときも、今までとなにも変わらなかった。

　プレイヤーネーム、蕨(ワラビ)。

　彼女は刺激を求めていた。普通に学校に通い、普通に就職し、同僚とも上司ともうまくやっていたのだが、なにかが違うという感覚を常に抱えていた。このゲームの中でだけ、彼女はリアルを感じることができた。偽物の自分にすらもう戻れなくなった。

　以上、五名。

幽鬼(ユウキ)ともども玄関に突っ込み、命を散らせた五名である。

幽鬼(ユウキ)がうまくやっていれば、生還していたかもしれない五名である。

　また、露天風呂に残った五名のうち、三名も死亡した。玄関チームが残したふたつの履き物をめぐる争いによって、一名が死亡。未回収の札を求めて湯船の中を漁(あさ)るうち、錯乱状態に陥り、浴槽に頭をぶつけたものがあってさらに一名死亡。残る一名は、脱出の方法がないことを悟り、露天風呂の林の中から摘んできた雑草を食べることにより延命を図った。一ヶ月ほど粘ったが、最後には衰弱死した。

　全プレイヤー百名のうち、三十名が死亡。

　用意されている履き物の数を考えれば、それはこのゲームのハイスコアである。無駄な死亡者が出なかったのは、ひとえに彼女たちプレイヤーがよくやったからである。しかし、いずれにせよ、クラスひとつ分の人間が死亡したという事実に変わりはない。

幾多の女の子の命を飲み込んで、それでもなお、このゲームは続く。

終わらない。九十九(つくも)を破る者があるまで。


（1／2）


強く揺さぶられて幽鬼(ユウキ)は目を覚ました。

車の中だった。ゲームの行きと帰りにつきものの、黒塗りの車の中だった。窓の外を見ると、幽鬼(ユウキ)の家のすぐ近くだった。全部終わったのだと、〈三十の壁〉を自分は乗り越えられたのだと、そう幽鬼(ユウキ)は実感した。

運転席にはエージェントが座っていた。幽鬼(ユウキ)が起床したことを、バックミラー越しに確認して、言った。「おはようございます」

「三十回達成、おめでとうございます。幽鬼(ユウキ)さん」

それだけだった。もっと言うべきことがいろいろとあるはずなのに、それだけで済ませた。

このゲームのエージェントには二通りある。最低限の仕事だけをこなす放任タイプと、あれこれ世話を焼いてくる保護者タイプだ。幽鬼(ユウキ)のエージェントは前者であり、あまり自分から話しかけてはこない。

幽鬼はおしゃべりが得意なほうではないので、普段はそれが都合よかったのだが、今このときにおいては都合が悪かった。その話をするのに、幽鬼は自分から踏み込まなければいけなかった。

「聞きたいことがあります」

万に一つも聞き逃しがないよう、はっきりと幽鬼は言った。

「なんです？」とエージェントは答える。

「今回のゲームで、私は最後に起床しました」

「いつものことじゃないですか」

「あれは、早く起床することが重要なゲームでした。だから、プレイヤーの起床時間には、意図的にばらつきが設けられていたように感じました」

「はあ。言われてみれば、そうかもしれませんね」

「私が最後だったのは――ペナルティですか？」

自分の腹を触りながら、幽鬼は言った。

たぶん、もう、発信機はこの中にはないだろう。〈ゴーストハウス〉で同席したプレイヤー、金子。そのお父さんである金子努氏が、ゲームを解体するため幽鬼に渡した装置。幽鬼がシャワーユニットで目を覚ましたときにはすでに、あれは取り除かれていたものと思われた。

吾妻から己の起床時刻を告げられたときに、それを確信した。もちろん、ただの偶然とも考えられる。なんせ幽鬼はいわくつきの三十回目だ。全プレイヤー百名中、不幸にもいちばん遅い起床時間を割り当てられたのだとしてもおかしくはない。しかし、そうではないと考えたほうが、ぴったりつじつまが合うのだ。

「ご想像にお任せします」

エージェントはそう答えた。

「私から言えることがあるとすれば——さすがにあれは、看過できなかったのでしょうね。われわれの存亡に関わることですから。ゲームに作為を加えるなんて不埒もいいところですが、なにもしないというわけにもいかなかったのでしょう」

「語るに落ちてるじゃないか……」

「まあ、いいじゃないですか。幽鬼さんは生き残ったのですから」

バックミラーの中にいるエージェントの目が動いた。

「とはいえ……無傷とはいかなかったようですが」

幽鬼は自分の両腕を見た。最後の最後、少女に殴りたい放題殴られた両腕——。あたかもその経験がまぼろしだったかのように、幽鬼の両腕はまっすぐになっていたのだが、しかし、足りていない部分が少しだけ見受けられた。

左手の、中指から小指までの指が、なかった。

「玄関の、タイルの上に落ちていたそうです。われわれの技術では元通りにできませんでした。申し訳ありません、幽鬼さん」

知らないうちに落としていたらしい。少女から逃げるのに必死で、そこまで意識が回らなかった。とうとう自分にもこのときが来たか、と思う。自分の体に、不可逆の欠損を与えた。初めてピアスの穴を開けた中高生のような、特別な気分を幽鬼は覚えた。

このままでは、次のゲームには出場できない。まずはこいつを取り戻すところからだ。頼みに行かなくてはならない。御城も世話になったのだろう、あの〈職人〉に。

「申し訳ありません、幽鬼さん」

エージェントは、重ねて謝った。

「今回のゲームでは、幽鬼さんに無用の心労をかけてしまいました。今後、二度とこのようなことは起こさせませんので、ご安心ください」

「……？　どういう意味ですか、それは？」

引っかかる表現だった。幽鬼は問い質した。

エージェントは、さっきとまったく変わらないことばの調子で、

「ご想像にお任せします」

そう言った。

「私から言えることがあるとすれば――わたくしどもは心から、あなたたちを応援しているということです。なにもかもなげうって勝利しようとする姿。魂を削るような決死さ。そういうものを望んでいる人たちが、私も含め、この世の中には数多いるのですよ。そこに茶々を入れるものがあったとすれば、どんな苦労もいとわない。すべて排除いたしまし

よう」

幽鬼は、黙った。

こんなにも長い時間、このエージェントがしゃべったのは初めてだった。幽鬼をはぐらかすために嘘八百を並べ立てた——のではないと思う。口数が増えたのは、本音だからだ。それがやつの、心の最深部にある信念だったからだ。

車が停まった。幽鬼のねぐら、ボロアパートの前だった。普段なら、眠っている幽鬼をこのままエージェントが運んでくれるのだが、今回は幽鬼が早起きしてしまったため、自分で部屋に戻らないといけなかった。

「今後とも、よろしくお願いしますね。幽鬼さん」

エージェントは、ビニールに包まれたものを幽鬼に差し出した。

今回のゲームの衣装——薄手のタオルだった。

はっ、と幽鬼は笑った。衣装としてタオルを渡されたのがおかしかったから——だけではない。幽鬼を応援しているはずのエージェントのことばが、いつかの金子氏のことばよりもよっぽど、おぞましいものに聞こえたからだった。

タオルを受け取って、幽鬼は言う。

「上等だ」

（2／2）

解説

久追遥希

最初に断っておくが、本作には間違いなく賛否両論がある。

この文章を読んでいるのは一巻を通った上で二巻を手に取った読者、つまり『死亡遊戯で飯を食う。』という作品の性質を受け入れて〝賛〟の方に属している者だけかもしれないが、だとしても物語が進むにつれて更なる衝撃があったはずだ。

何しろこの作品は、驚くほどあっさりとキャラクターを退場させる。

一般にライトノベルとは、ある種のキャラクター小説だ。魅力的な主人公に加えて一人ないし複数人のヒロイン、そして彼らの周囲を取り巻く個性豊かなキャラクター。それらが巻を跨いで様々な活躍を見せることが楽しみの一つであることは間違いない。

だというのに『死亡遊戯』は徹底的にそれを避けるのだ。主人公ポジションである〝幽鬼〟以外のキャラクターがとにかく生き残らない。死の間際で繰り広げられるゲームが主題となっているため登場人物に対する没入度合いは非常に高いのだが、それを次のゲームに引っ張ることは基本ない。継続的な〝推しキャラ〟というのが幽鬼以外に発生しづらい構造だと言えるだろう。ただ、だからこそリアルに感じられる部分も確かにある。読者である我々は彼女たちが〝どうせ生還するキャラクター〟ではなく〝いつ命を散らしてもおかしくないプレイヤー〟なのだと認識せざるを得ないからだ。それ故に、最後の最後まで緊張感を保ったままページを捲らせ続けるような力が本作にはある。

そういった意味でも、この物語は非常にストレートだ。

デスゲームを題材にした作品がＭＦ文庫Ｊライトノベル新人賞で優秀賞を受賞した、という話を聞いた時、自分はそこに何らかの〝捻り〟があるのだろうと想像した。デスゲームと言いながら可愛いヒロイン同士のやり取りがメインだったり、あるいはゲームマスターの裏を掻いてゲームを攻略する痛快なアクションだったり……という〝逃げ〟を無意識に考えていた。けれど『死亡遊戯』は真っ直ぐにデスゲームだ。しかも必要以上にグロテスクな描写があるわけではない、つまりそこを売りにしているわけではない、端的に人が死ぬゲームが題材になっている。万人に受け入れられる作品だとは思わないが、タイトルやテーマに嘘偽りがないことだけは誰しもに認められていいはずだ。

　そして、困ったことに——あるいは喜ばしいことに——『死亡遊戯』という作品は、こんなテーマでありながら丁寧に読者を楽しませようとする一面を持っている。この部分に関してははっきりと〝賛〟を唱えておこう。日常パートに入った途端に幽鬼の語りが緩やかになり、何気ない描写にもくすりとしてしまうような仕掛けが施されている点。逆に本格的なゲーム攻略のパートでは不必要な情報を省いて読者をぐいぐいと引き込んでくれる点。細かいことを言うなら、章分けに○／□といった分数が使われている点も良い。分母の数字が〝ゲーム終了〟にあたるため、単なる数字や記号よりもずっと直感的に物語を味わうことができるのだ。そういった細かい配慮があらゆる箇所に窺える。

　テーマが万人受けしないと理解した上でキャラクターや設定の飛び道具を使わず、丁寧なクオリティアップにこれだけ労力が割かれているからこそ、本作が提供してくれる読書体験は唯一無二で刺激的なものになっているのだろう。

解説

三河ごーすと

微妙にズレている。『死亡遊戯で飯を食う。』の第一巻を拝読して、私が素直に抱いた印象がそれだ。小説をはじめとして映画や漫画など古今東西さまざまなデスゲーム作品を読んできている私だが、この作品はそれらのいずれとも微妙に違っている。微妙に、という点が味噌だ。誰が生存し誰が死亡するのかという好奇心、思わず膝を打つ予想外な展開、巧みに設計されたゲームのギミック、極限状態で露わになる人間の醜さ、あるいは気高さ。デスゲーム作品の旨味成分は挙げれば枚挙にいとまがない。そして本作も数多の同系作品と同じように、当然のように、そういった成分を含んでいた。ではどこがズレていたのか。恥ずかしながら一巻を読んだ時点では確信には至れなかった。旨味成分のひとつひとつがそれぞれちょっとずつピントがずれてボヤけているような感覚としか言えず、何故そんな読書感覚になるのかはっきりと断言できずにいた。

だがこの第二巻を読んで、私はようやくモヤモヤの正体を掴めた。

本作はデスゲームという非日常を題材としながら、徹底的に日常的な課題を扱っているのだ、と。

主人公の幽鬼を筆頭に本作の主要な登場人物は「生き残ること」を行動原理としていない。正確に言えば、生き残りたいとは思っている。だがそれはあくまでも他の目的を達成するための中間目標のようなもので、最終ゴールではない。「金」が目的というわけでもない。主要とは呼べない人物の中には金目当ての人物もいるが、幽鬼や御城、白士は違う。連勝記録を目指したい、アイツにだけは負けたくない、一番になりたい。極めて日常的な、ゲームやスポーツを経験したことがある人間なら誰もが一度は考えたことがあるような、ありふれた感情が行動理念になっている。彼女らに降りかかる課題もそうだ。何の必然性もない単なる不注意からピンチに陥ったり、ジンクスに精神を搦めとられるだけで不調をきたしたり、プライドが判断を鈍らせたり、といった日常生活でありがちな迂闊さ、未熟さにより彼女らは追い詰められる。これは下手をすれば作品の練り込み不足と判断されてしまいかねない描写であるが、二巻においても徹底されているのを見るにおそらく意図的で、そしてそれは最初からタイトルによって明示されていたに等しかった。

死亡遊戯で飯を食う。

そう、この作品の最大の旨味成分は華麗なるトリックでもなければ極限状態下の人間の醜さでもなかった。たとえるならば朝起きて出勤し、同僚や上司との軋轢がありながらも仕事をこなして家に帰るまでのサラリーマンの一日を描いたような物語。ただそれが職場でも学校でもスポーツでもなくデスゲームであるだけ。デスゲームプレイヤーという架空の職業の人間たち——とりわけ主人公の幽鬼に密着したドキュメンタリー作品。それが、『死亡遊戯で飯を食う。』の正体なのだ。

実在しない職業に就いた少女の体験記はきっと本人の人生段階によって如何様にも在り方を変えていくだろう。彼女がどんな変遷を辿っていくのか、楽しみに続刊を待ちたい。

あとがき

こんにちは、鵜飼有志です。前巻同様、やはり及ばずながら、この場を務めます。

巻末までおいでくださり、ありがとうございます。

『死亡遊戯』二巻、いかがでしたでしょうか。〈キャンドルウッズ〉を経て、地に足をつけるようになった幽霊少女・幽鬼。そんな彼女が、一流のプレイヤーと二流とを分ける大一番、目標達成の一里塚、殺人ゲームの業界にうごめく呪い――〈三十の壁〉に挑むお話でした。

〈ゲーム〉の〈プレイヤー〉が一番本気になるのはどういうときか、と考えた結果、ああいう形の逆転劇とすることにいたしました。醜い感情は胸の内にしまわせておくのがなにかと得策な昨今ではありますが、それが身を助くことも少なくない、ということなのかもしれません。ささいなことに執着し、いがみあうプレイヤーたちの姿は、三河ごーすと先生のおっしゃった通り非日常の日常であり、久追遥希先生のおっしゃった通り、嘘偽りない『死亡遊戯で飯を食う』人間たちのありさまです。

わたくしごとを述べさせていただけるのであれば、これは、報酬があることを強く期待して書いた初めてのものでもあります。それにより得たものもあれば（例：プレッシャー）、ある程度払拭されたものもあります（例：コンプレックス）。その事実は、本文にも影響しているように僕の目には映ります。この新しい心境を、早く乗りこなす必要がある。そう考える今日この頃です。

とげとげしい物語に対応してくださっている編集O氏と、多すぎるキャラクターに対応してくださっているねこめたる先生には、熱烈な感謝を。解説文を寄せてくださった、三河ごーすと先生と久追遥希先生にも、深く感謝申し上げます。ちょうどプレッシャーがのしかかってきているので、その力も利用し、みなみなさまに対して頭を低くいたします。

それでは……。再びお会いできることを願って、結びとさせていただきます。

「……グッドゲーム」

〈三十の壁〉を
私・幽鬼は乗り越えた。
失った手指も取り戻し、完全復帰。
続く目標としていた
四十回目も乗り越え、
順風満帆のプレイヤー生活を
送っていた。
しかし――
そこに暗雲が立ち込める。

「お前の手に
かかるぐらいなら――
自分から死んでやる！」

「誰が狙われても、後腐れはなしだ！　いいね！」

「ルールを守るより、ぎりぎりのラインまで
攻めるのが私の流儀でしてね」

クリア回数三十超えの強豪が集う
四十四回目のゲーム
〈クラウディビーチ〉。
そこで見たものは、あの忌まわしき
殺人鬼を彷彿とさせるばらばらに
刻まれた遺体だった。
犯人を探すべく、絶海の孤島を
駆け回るプレイヤーたち。
それを嘲笑うかのように
増えていく犠牲者。
そして――私が最後に対面したのは
〈キャンドルウッズ〉にいた
彼女の後継者だった。

「犠牲者は、まだ二人しかいない。
ゲームが終わるには、あと一人死ななきゃならない」

※2023年1月時点の情報です。

「三十オーバーがまた三人ですか」

「直接はないねえ。だが、話には聞いてる。お前の〈お師匠〉からね」

「水着のまま、寝なきゃいけないんでしょうか」

あるときは制服の遊園地で。

またあるときは水着のビーチで。

私たちは、死亡遊戯で飯を食う。

「水平線に、陸地は見えますか？」

死亡遊戯で飯を食う。

第3巻2023年春発売予定。

MF文庫J

死亡遊戯で飯を食う。2

2023年 1月25日 初版発行
2024年 9月10日 11版発行

著者 鵜飼有志

発行者 山下直久

発行 株式会社 KADOKAWA
〒102-8177 東京都千代田区富士見2-13-3
0570-002-301（ナビダイヤル）

印刷 株式会社 広済堂ネクスト

製本 株式会社 広済堂ネクスト

Printed in Japan ISBN 978-4-04-682109-6 C0193

●お問い合わせ
https://www.kadokawa.co.jp/（「お問い合わせ」へお進みください）
※内容によっては、お答えできない場合があります。
※サポートは日本国内のみとさせていただきます。
※Japanese text only

◇◇◇

【ファンレター、作品のご感想をお待ちしています】
〒102-0071 東京都千代田区富士見2-13-12
株式会社KADOKAWA MF文庫J編集部気付「鵜飼有志先生」係「ねこめたる先生」係